CW01660484

BIBLIOTECA ADELPHI

668

DELLO STESSO AUTORE:

Betty
Cargo
Carissimo Simenon · Mon cher Fellini (con F. Fellini)
Colpo di luna
Corte d'Assise
Faubourg
Gli intrusi
Hôtel del Ritorno alla Natura
I clienti di Avrenos
I complici
I fantasmi del cappellaio
I fratelli Rico
I Pitard
Il borgomastro di Furnes
Il clan dei Mahé
Il destino dei Malou
Il fidanzamento del signor Hire
Il gatto
Il grande male
Il passeggero del Polarlys
Il pensionante
Il piccolo libraio di Archangelsk
Il Presidente
Il primogenito dei Ferchaux
Il ranch della Giumenta perduta
Il testamento Donadieu
Il treno
Il viaggiatore del giorno dei Morti
In caso di disgrazia
L'angioletto
L'assassino
L'orologiaio di Everton
L'uomo che guardava passare i treni
L'uomo di Londra
La camera azzurra
La casa dei Krull
La casa sul canale
La finestra dei Rouet
La fuga del signor Monde
La Marie del porto
La morte di Belle
La neve era sporca
La pazza di Itteville
La scala di ferro
La vedova Couderc
La verità su Bébé Donge
Le campane di Bicêtre
Le finestre di fronte
Le signorine di Concarneau
Lettera a mia madre
Lettera al mio giudice
Luci nella notte
Memorie intime
Pedigree
Pioggia nera
Romanzi, I
Romanzi, II
Senza via di scampo
Tre camere a Manhattan
Turista da banane

*

«Le inchieste dell'Agenzia O»
«Le inchieste di Maigret»

Georges Simenon

IL SORCIO

Traduzione di Simona Mambrini

ADELPHI EDIZIONI

TITOLO ORIGINALE:
Monsieur La Souris

Monsieur La Souris © 1938 GEORGES SIMENON LIMITED
All rights reserved

Il Sorcio © 2017 ADELPHI EDIZIONI S.P.A. MILANO
WWW.ADELPHI.IT

GEORGES SIMENON® Simenon.tm
All rights reserved

ISBN 978-88-459-3171-0

Anno											Edizione
2020	2019	2018	2017	1	2	3	4	5	6	7	8

INDICE

IL SORCIO

1

I SILENZI DELL'ISPETTORE SCORBUTICO

Erano appena passate le undici e dieci quando la porta del commissariato si aprì. I due agenti che giocavano a dama alzarono la testa. Anche il brigadiere che fumava la pipa dietro il bancone di legno nero si drizzò, ma tutti, ancor prima di aver visto in faccia il nuovo arrivato, capirono di chi si trattava sentendo una voce ben nota che protestava:

« Le ripeto, giovanotto, che non c'è bisogno di spingere! Lei non sa con chi ha a che fare! To'! È di servizio proprio il *mio* brigadiere! ».

Il turno di giorno stava per finire. Nel giro di tre quarti d'ora sarebbero subentrati quelli che facevano la notte. Il brigadiere, un omone corpulento, si era sbottonato la giubba e l'ispettore Lognon, in borghese, seguiva con sguardo spento la partita a dama.

Dalle otto cadeva una pioggia torrenziale, una di quelle piogge persistenti che sembrano bagnare uomini e cose più delle altre, come spesso accade al termine di una tiepida giornata primaverile. All'Opéra c'era una serata di gala. Lo si capiva dal gran numero di auto e soprattutto di autisti in livrea che si sentivano chiacchierare sul marciapiede.

In compenso, nessun poliziotto del commissariato, che pur si trovava nello stesso edificio dell'Opéra, sapeva cosa ci fosse in cartellone.

Quello che contava invece era che aveva piovuto e continuava a piovere, che gli agenti rientravano con la mantellina grondante e, come sempre accadeva quando il fondo stradale era scivoloso, ben tre incidenti si erano verificati solo su boulevard des Italiens.

D'altra parte, c'erano anche meno ambulanti in circolazione: solo una fioraia, appena portata in commissariato, e che in quel momento, seduta accanto alla sua cesta, lavorava ai ferri una calzetta da bambino di lana azzurra.

Insomma, una serata come tante. Il brigadiere annotava senza fretta gli incidenti in un librone nero che avrebbe dato in consegna al collega del turno di notte.

Il vecchio arrivava al momento giusto.

« Brigadiere, le dispiace dire a questo giovanotto che non si tratta così un anziano signore come il Sorcio... ».

L'agente che l'aveva scortato non lo mollava. Lo teneva per la spalla, o meglio, aveva afferrato per la spalla la giacca e pareva sorreggere il vecchietto come un burattino. Era un giovane poliziotto biondo e roseo, dall'aspetto fresco e implume. Il brigadiere borbottò:

« Lo lasci andare, Bonvoisin! ».

Cogliendo una punta di severità nella sua voce il Sorcio gongolò:

« Sentito? È da place de la Madeleine che continuo a ripetergielo! ».

Si sistemò la giacca cascante e, scorgendo l'ispettore Lognon, gli rivolse una strizzatina d'occhio.

Quando non dormiva al commissariato dell'Opéra, il Sorcio passava la notte in quello degli Champs-Élysées, nel seminterrato del Grand Palais. Bonvoisin era lì da poco, altrimenti non si sarebbe scomodato a tirar fuori dalla tasca il taccuino come se dovesse stendere un verbale in piena regola.

«Può andare!...» gli disse il brigadiere riaccendendosi la pipa.

«Un momento!» intervenne il vecchio. «Se permette, ho bisogno della testimonianza di questo giovanotto...».

Il Sorcio era un ometto magro, con due occhi eccezionalmente vivaci e maliziosi, una peluria rossiccia che tendeva al bianco sporco e un modo personalissimo di portare stracci troppo grandi per lui con una dignità che rasentava l'eleganza.

«Ci terrei che ascoltasse anche lei, ispettore... Per una volta che mi succede qualcosa di straordinario!...».

Tutti, nel vederlo entrare, si erano preparati ad assistere a una scenetta più o meno comica. Era una tradizione. Soprattutto quando il brigadiere aveva tempo da perdere.

«Vuol dire che riuscirò finalmente ad arrestarti per vagabondaggio?» domandò il capo del commissariato.

Per essere passibile di arresto, oltre che senza fissa dimora il vecchio avrebbe dovuto essere senza soldi. Invece, da mesi e mesi, addirittura da anni, benché non avesse un domicilio fisso, era impossibile pizzicarlo completamente al verde. Ogni tanto lo perquisivano, e capitava che non avesse il becco di un quattrino. Stavano già per cantare vittoria quando all'improvviso lui, con un sorrisetto beffardo, tirava fuori da una piega degli stracci una moneta da cento soldi!

«Brigadiere, la prego di mettere a verbale che il suo agente mi ha fermato fuori da un caffè della Madeleine mentre chiedevo quattro franchi a Léa...».

E si voltò verso l'ispettore in borghese Lognon sotto la cui giurisdizione rientravano in particolare le entraîneuse e le prostitute. Per trarsi d'impaccio, Lognon fece un segno di assenso. Ovviamente conosceva Léa...

«Perché quattro franchi?» si stupì il brigadiere.

«Per prendere un taxi fin qui. Compresa la mancia, fanno all'incirca quattro franchi».

Da quel momento Lognon cominciò a prestare attenzione al discorso. Chissà, forse avvertì una punta di agitazione nella voce del vecchio. Certo, il Sorcio era solito recitare la sua brava scenetta a beneficio del pubblico e non era contento finché l'uditorio non scoppiava a ridere. Eppure stavolta sembrava esserci un barlume di ansia nel suo sguardo.

Lognon restò in silenzio. Non era tipo da parlare inutilmente. Si tenne nel suo angolo, cupo e imbronciato come sempre.

Il brigadiere invece gli rispondeva per le rime, con il tono serioso dell'imbonitore da circo che si rivolge a un clown sulla scena.

« Avevi paura di bagnarti? ».

« No! Avevo paura degli scippatori! ».

Il vecchio ottenne l'effetto desiderato. Gli ridevano gli occhi, e gongolava nel vedere i due agenti interrompere la partita per ascoltarlo. Continuò in tono bonario: « Quando uno non è abituato ad andarsene in giro con in tasca un capitale... ».

Lognon fu il solo a mantenere un contegno. Aveva un volto ossuto, dai lineamenti grossolani, i capelli corvini e folte sopracciglia nere che gli tagliavano in due il viso. Lo sguardo ostinato lo faceva sembrare sempre impegnato nella soluzione di un problema difficile.

« Vediamolo, questo capitale... Dieci franchi? Quindici?... Ti avverto che se hai quindici franchi per pagarti una camera mi rifiuto di darti ospitalità... ».

« Calma!... Mi prepari una ricevuta... ».

Finalmente il vecchio tirò fuori dalla tasca una busta lunga e gialla, di quelle che si usano per spedire documenti, chiusa da una doppia linguetta metallica.

« Prenda nota » disse con studiata gravità. « Poi farete l'inventario... Mercoledì 23 giugno, alle ventidue e cinquanta, in rue Royale, all'altezza del ristorante Maxim, il signor Ugo Mosselbach, detto il Sorcio, di anni sessantotto, nato a Bischwiller-sur-Moder, in Alsazia, ha trovato sulla pubblica via una busta gialla contenente... ».

Per un attimo il brigadiere era rimasto interdetto. Poi, con una reazione automatica, aveva sbirciato all'interno della busta e si era messo a scrivere suo malgrado sotto dettatura del vecchio.

«Bischwiller con due *l*?».

«Sì, due *l*. Moder con una sola *d*... Ripeto: una busta contenente...».

L'ispettore Lognon si alzò e, con le mani in tasca, andò a piazzarsi alle spalle del brigadiere. Anche gli agenti si avvicinarono per vedere.

Il Sorcio sembrò sul punto di ripensarci.

«Mi chiedo se non dovrei rivolgermi piuttosto al commissario!».

Scherzava, come al solito. Ma forse non aveva tutti i torti. Il brigadiere, perplesso, si voltò verso Lognon, che alzò le spalle.

«La apra comunque... Dal momento che va fatto l'inventario...».

«... nove banconote da cinquecento dollari spillati insieme, ossia quattromilacinquecento dollari...».

Seguì un breve silenzio. Il brigadiere aveva lasciato di nuovo spegnere la pipa.

«Quanto fa in franchi?».

«Circa sessantacinquemila franchi» lo ragguagliò il vagabondo. «E non è finita...».

La busta conteneva infatti un'altra mazzetta di banconote. Fu necessario contarle due volte perché erano quarantanove, da cento dollari ognuna. Perché quarantanove e non cinquanta?

In fondo alla busta restavano inoltre due banconote da mille franchi e due da cento.

Mentre il brigadiere scriveva, Lognon osservava il vecchio con uno sguardo duro e contrariato.

«Hai davvero trovato questa roba per strada? In che punto?».

«A pochi metri dal Maxim».

«Sul marciapiede?».

La busta gialla era bagnata, ma non tanto da essere rimasta anche solo dieci minuti nel rigagnolo.

«Sì, sul marciapiede! Il signor Jean mi ha visto raccogliere l'involto... Voleva guardare insieme a me cosa c'era dentro ma è arrivata un'auto con dei clienti...».

Lognon prendeva nota dei particolari: Léa davanti al caffè, il portiere del Maxim...

«Che cosa devo fare?» chiese imbarazzato il brigadiere rivolto all'ispettore.

Gli rispose il Sorcio.

«Rilasciarmi una ricevuta. Se entro un anno e un giorno non sarà venuto nessuno a reclamare la busta, il denaro spetterà a me di diritto e potrò comprarmi la vecchia canonica di Bischwiller-sur-Moder...».

Con una serie di piroette da grande istrione il vecchio fece per dirigersi verso la porta ma, ben sapendo che non lo avrebbero lasciato andare via, abbozzò un rapido dietrofront non appena udì la voce di Lognon.

«Aspetta un momento!» mugugnò quest'ultimo.

«Anche un'ora se vuole, ispettore. Sa che a lei non posso rifiutare nulla...».

«Vieni qui».

E così, senza preavviso, gli perquisì le tasche e gli tastò i vestiti.

«Togliti le scarpe».

Il Sorcio continuava a fare il buffone e, dato che non portava i calzini, muoveva le dita dei piedi. Fece pure il gesto di sfilarsi i pantaloni scusandosi con la fioraia.

«Sono questi signori, sa? Io sono un pudico, ma...».

«Basta!» sbottò Lognon. «Va' a dormire».

«Prima non potrei farmi un cicchetto? Ammetterà che è un bello shock entrare di colpo in possesso di centocinquantamila franchi!...».

Lognon lo sospinse davanti a sé, oltre una porta. C'erano tre gabbie, una per le donne, un'altra per gli uomini e la terza per i vagabondi che non avevano commesso alcun crimine. In quest'ultima, un vecchio sdraiato bocconi su un tavolaccio non si mosse nemmeno quando si aprì la porta a sbarre. Nella cella accanto, in penombra, una giovane donna se ne stava seduta come in una sala d'aspetto, con la borsetta in grembo.

«Ad ogni modo, buonanotte» sospirò il Sorcio. «Con tutto il rispetto, lei è più carogna del brigadiere!...».

Alle otto del mattino, allorché un agente andò ad aprire la porta della cella, il Sorcio si alzò come uno di casa, afferrò la bombetta verdognola e prima di attraversare il commissariato cercò con gli occhi Lognon.

In teoria, avendo *fatto* la notte, l'ispettore non avrebbe dovuto esserci. Ma il vecchio non dubitava che ci fosse, e infatti era lì. Si concesse persino la malizia di chiedere:

«Allora, che cosa le ha detto?».

Alludeva a Léa. L'altro non rispose.

«Mi dica, ispettore! Per il Maxim dev'essere stato un po' meno facile, dato che quel marciapiede si trova nell'VIII arrondissement, che non è di sua competenza...».

Lognon, che lo scrutava senza battere ciglio, si accese una sigaretta. L'agente sospinse il vecchio verso l'uscita. Aprendosi, la porta inondò di luce il commissariato.

Era una splendida mattina, con un sole ancora più sfavillante dopo la pioggia della notte. Si sentivano stridere le saracinesche di alcune vetrine e dai caffè arrivava un profumo di croissant caldi.

«Scommetto che è dietro di me» pensava il Sorcio risalendo i boulevard in direzione di faubourg Montmartre.

Si guardò bene dall'allungare il passo e, soprattutto, dal fermarsi davanti alle edicole. Zoppicava leggermente, e si chinava ogni tanto a raccogliere un mozzicone di sigaretta per infilarselo in tasca. Senza vederlo, continuava a percepire la presenza di Lognon.

Si sarebbe detto che vagasse senza meta. All'incrocio, dopo un attimo di esitazione, si incamminò verso il faubourg per poi proseguire su boulevard Poissonnière e, tre quarti d'ora dopo essere uscito dal commissariato, si fermò davanti alla bacheca di un giornale del mattino.

Uff! Al diavolo Lognon, che doveva aver seguito la sua andatura flemmatica. Adesso, con la massima naturalezza, il vecchio Sorcio si piazzava davanti alle bacheche con la cornice di ottone che racchiudevano ciascuna una pagina dell'edizione del mattino. Non era l'unico: altri, accanto a lui, approfittavano della lettura gratuita del giornale.

Prima pagina: niente!... Seconda: niente!... In terza pagina: una rapina, sparatoria in una mescita di Montrouge...

Sul vetro che proteggeva il giornale il Sorcio scorse il riflesso di Lognon che gli si era piazzato alle spalle, standogli praticamente addosso, torvo e paziente. Nella squadra del IX arrondissement erano in due, un grassone quarantacinquenne, sempre di buon umore, ribattezzato l'ispettore Cuorcontento, e Lognon, soprannominato l'ispettore Scorbutico.

Quarta pagina...

Il Sorcio, del tutto disorientato, andò subito alle « Ultimissime ». Poi, poco convinto, tornò alla prima pagina.

Lognon trasalì quando il vecchio si voltò di scatto e gli chiese a bruciapelo:

« Mi offre un caffellatte? Visto che facciamo la stessa strada... ».

L'ispettore si limitò ad alzare le spalle, poi affondò le mani in tasca e si diresse alla fermata dell'autobus. Stavolta non era una messinscena. Se ne tornava a casa, in place Constantin-Pecqueur, nel XVIII arrondissement.

Il Sorcio, intanto, si sedeva su una panchina di fronte al Théâtre du Gymnase.

A preoccuparlo era che sul giornale non se ne parlasse. Per il resto, il Sorcio era praticamente certo di non aver commesso il minimo errore. Che Lognon cercasse pure! Perché Lognon cercava e avrebbe continuato a cercare! Ma si poteva dire che questo il vecchio l'aveva voluto, più per il piacere di fare il buffone che per spavalderia.

Si era preparato un alibi da fornire all'ispettore. Tanto per cominciare, dato che il mercoledì era il giorno in cui mangiava all'Esercito della Salvezza, alle sei era a bordo della chiatta ormeggiata al porto delle Tuileries e le signore in mantellina potevano testimoniare che era andato via verso le sette.

Il tempo di risalire gli Champs-Élysées col suo passo claudicante fino al Théâtre des Ambassadeurs ed erano quasi le otto. La gente faceva già la coda davanti alla biglietteria e il Sorcio aveva aperto le portiere delle auto fino alle nove e venti, perché al Théâtre des Ambassadeurs gli spettatori hanno l'abitudine di arrivare in ritardo. Ci sono teatri così, in altri invece, come al Théâtre de la Porte Saint-Martin, alle otto e mezzo sono già tutti seduti.

Ad ogni modo, il bigliettaio l'aveva visto...

Il seguito faceva un po' acqua, ma poteva sempre raccontare di essersi riparato nella stazione del métro Rond-Point per un'oretta. Poi, per non mancare l'uscita dall'Opéra, era sceso fino a Concorde e aveva imboccato rue Royale. E proprio là, di fronte al Maxim...

Massì, stava perfettamente in piedi! D'altronde, per risultare credibile, un alibi non deve essere troppo preciso. Non era stato proprio l'eccesso di particolari – Jean, il Maxim, Léa – che aveva messo la pulce nell'orecchio a Lognon?

Però, che non ci fossero neanche due righe sul giornale!... Stai a vedere che...

Il Sorcio si alzò. Gli restava in tasca un franco e quaranta con cui si pagò un bicchiere di vino bianco allungato con acqua in un bar prima di avviarsi in direzione degli Champs-Élysées.

Naturalmente la storia del métro era inventata di sana pianta, e anche il resto, ma la verità era ancora meno credibile!

Fino alle nove e venti, niente da segnalare: non aveva fatto altro che aprire le portiere. Ma siccome pioveva aveva raggranellato appena cento soldi perché la gente aspettava l'usciere del locale munito di un grande ombrello rosso.

Allora il Sorcio si era diretto verso le macchine parcheggiate lungo avenue Gabriel. A volte riusciva a farsi offrire da bere da un autista con la scusa di stare di guardia all'auto durante lo spettacolo.

Ma, sempre a causa della pioggia che cominciava a cadere fitta, gli autisti se ne rimanevano tappati in macchina a leggere il giornale!

D'altra parte, le automobili non erano molte. All'altezza di rue de l'Élysée la fila era già finita e il Sorcio aveva continuato ad arrancare senza meta, finché si era accostato a una grossa macchina distanziata dalle altre di un buon centinaio di metri.

La sera non c'era luogo più deserto di quell'angolo, con le inferriate scure dell'Eliseo, e per giunta i goccioloni che cadevano dalle fronde degli ippocastani.

Nell'auto c'era un uomo, ma non un autista. Era in abito da sera. La cosa sorprendente era che ora il Sorcio non si ricordava più se portava una cravatta nera o bianca, ossia se era in smoking o in frac.

Non riusciva nemmeno a ricordarsi cosa avesse in testa! Un cappello a tesa morbida? Un cilindro? Oppure era senza cappello? Comunque il vecchio vagabondo conservava l'impressione che l'uomo fosse biondo, biondissimo.

Era successo tutto talmente in fretta! Il Sorcio aveva aperto la portiera, già pronto a pronunciare la frase che lo distingueva dai comuni accattoni, poiché non cercava mai di suscitare pietà. Al contrario! Aveva due occhietti ridenti e diceva beffardo:

« Per favore, mio principe, due franchi per un mezzo litro di vino! ».

Stavolta, però, non aveva fatto in tempo a terminare la frase. All'apertura della portiera, l'uomo, che pareva ritto, era scivolato fuori. Il Sorcio l'aveva sostenuto con entrambe le mani e aveva sentito qualcosa di appiccicoso, notando nel contempo una chiazza scura sullo sparato.

« Che scherzi sono?... » aveva mugugnato istintivamente. « Non può farmi questo... ».

Aveva fretta di allontanarsi. Prima, però, bisognava richiudere la portiera, altrimenti il corpo sarebbe rotolato sul marciapiede. Mentre lo spingeva dentro, aveva sentito qualcosa cadergli su un piede.

«Che scherzi sono?... Che scherzi sono?...» ripeteva.

Uff! Finalmente la portiera si era richiusa. L'uomo doveva essersi accasciato sul sedile. Il Sorcio aveva raccolto l'oggetto che era caduto: un portafogli rigonfio. Dopo essersi dato una rapida occhiata intorno, se l'era ficcato in tasca.

Non l'aveva aperto subito, ma si era allontanato un bel po', spingendosi oltre gli Champs-Élysées, verso cours la Reine, dove si era fermato sotto un lampione.

E dentro ci aveva trovato un fascio di dieci banconote da cinquecento dollari, cinquanta banconote da cento, e infine delle banconote francesi.

Era fuor di dubbio che quel tizio fosse morto. Anche se il corpo non era ancora freddo. Prima di aprire il portafogli si era pulito le mani sull'erba bagnata, ma gli restava ancora una sgradevole sensazione di appiccicaticcio.

Comunque non c'era tempo da perdere. Un'occasione simile non capita due volte nella vita e, per non sprecarla, non bisognava lasciare niente al caso.

Soprattutto, occorreva far presto. In uno scomparto del portafogli il Sorcio trovò la foto di una giovane donna, una di quelle foto dozzinali formato tessera. C'erano anche tre biglietti rossi, forse biglietti del cinema. E infine una busta vuota che lasciò dov'era.

«Per questa roba non c'è fretta» borbottò.

Sulla busta lesse: «Sir Archibald Landsburry...».

Sotto c'era scritto qualcosa che doveva essere un indirizzo di Londra. Ma ogni cosa a suo tempo!

Per cominciare, sfilò dalle mazzette una banconota da cinquecento dollari, una da cento e una banconota francese che lasciò nel portafogli. Dopodiché, appena scorse un'aiuola di tulipani, si sbarazzò del portafogli sotterrandolo nella terra bagnata.

Quindi si allontanò con le mazzette in tasca.

Alcuni anni prima gli era capitata un'avventura analoga, con un portamonete che conteneva duecento franchi, trovato all'uscita del métro Solférino. L'avevano visto raccoglierlo, perciò era stato costretto a consegnarlo alla polizia. Il commissariato era lì vicino e quella volta il Sorcio non aveva avuto il tempo di riflettere. Anziché prendere una delle banconote (temendo, a ragione, di essere perquisito), aveva aggiunto una moneta da dieci franchi.

Una signora andò a reclamarlo.

« Mi descriva il portamonete! » le disse il segretario del commissariato.

Naturalmente la descrizione era esatta.

« Può dirmi che cosa conteneva? ».

E, inesorabilmente, la donna si era sbagliata di dieci franchi. Erano stati lì lì per non restituirle il portamonete. Alla fine, però, il segretario si era deciso a farlo e il Sorcio ci aveva rimesso di tasca sua.

Da quel tentativo andato male aveva imparato la lezione. Di tenersi semplicemente il denaro, neanche a pensarci: un uomo che da dieci anni dorme nei commissariati non può ritrovarsi da un giorno all'altro con un patrimonio di centocinquantamila franchi senza aspettarsi che gli venga rivolto un certo numero di domande indiscrete.

Continuava a piovere e il Sorcio entrò nella stazione del métro di Rond-Point, con i sensi più che mai all'erta, tutto teso a non perdere tempo prezioso e a non commettere il minimo errore.

Da quando aveva visto quel gruzzolo non pensava ad altro che alla sua canonica, la secolare canonica abbandonata del suo paese che, con il passare del tempo, gli sembrava l'unico rifugio possibile per la vecchiaia.

Uscì dal métro a Saint-Lazare. Per un attimo aveva pensato di rubare un portafogli, il che non sarebbe stato difficile: in guardina, nei giorni di particolare affollamento, può capitare di dormire accanto a un borsaiolo o a un assassino, e ci si fa una certa cultura.

Infilare i dollari nel portafogli di qualcun altro e consegnare il tutto agli Oggetti smarriti?...

Ma no! Era pericoloso, e poi adesso il vecchio barbone sapeva dove andare e affrettò il passo. Non per niente, all'occorrenza, si fruga nei bidoni della spazzatura.

La mattina sarebbe stato un gioco da ragazzi: tutti i bidoni di Parigi sono fuori, schierati sul marciapiede, a disposizione...

Ma alle dieci di sera...

Si ricordava di una specie di vicolo che dava su rue Saint-Lazare: avenue du Coq, così si chiama. Ci sono soltanto uffici, soprattutto di compagnie di assicurazione. Una stradina calma, senza un cane, con i bidoni della spazzatura già fuori alle nove di sera.

Arrivò in tempo. In mancanza di un portafogli, gli occorreva una busta. Era quella la sua idea. E, se possibile, anche un elastico.

Nella spazzatura trovò alcune buste con sopra un indirizzo, ma alla fine scovò una busta gialla, appena sgualcita, che doveva essere stata cestinata dopo che un impiegato ci aveva scarabocchiato sopra dei conti a matita.

Ma all'elastico ci teneva. Avrebbe dato un tocco più «naturale». Entrò in un bar di fronte alla stazione e adocchiò la teca di vetro da cui, con una moneta da un franco, era possibile estrarre un oggetto manovrando un braccio meccanico.

In tasca gliene restavano cinque. Ne aveva già infilate tre nella macchinetta senza essere riuscito ad afferrare il portasigarette di latta cinto da un elastico rosso. Al quarto tentativo finalmente lo agguantò, corse alla stazione del métro, gettò via l'astuccio e sette minuti dopo scendeva all'angolo di rue Royale.

Non aveva tempo per occuparsi del tizio dell'auto. Tanto era morto!... Davanti al Maxim fece finta di voler aprire le portiere e di raccogliere la busta gialla accertandosi di essere visto da Jean...

In place de la Madeleine vide Léa sotto il tendone grondante di un caffè. Nello stesso istante scorse un giovane agente che non conosceva e decise di buttarsi. Si avvicinò a Léa:

«Avrebbe per caso quattro franchi da prestarmi per un taxi?...».

Il giovane poliziotto ci cascò in pieno.

«Che ci fa qui?».

«Chiedo quattro franchi a Léa...».

«Ce li ha i documenti?... Mi segua al commissariato».

Il Sorcio era fiero di sé non meno che se avesse preparato quel piano da una vita. Ripercorse ogni suo singolo gesto senza trovare il più piccolo errore, la minima imprudenza.

Da quel momento poteva dire di essere proprietario della canonica del paesino di Bischwiller-sur-Moder, dove non metteva piede da quarant'anni.

Perché, insomma, chi mai avrebbe potuto reclamare quel denaro, il cui ammontare era cambiato e che per di più era custodito, non in un portafogli, ma in una busta gialla chiusa con un elastico?

Doveva solo aspettare un anno e un giorno, tutto qua! Dopodiché, sarebbe entrato legittimamente in possesso del suo patrimonio.

Il Sorcio ne era talmente sicuro che gli venne da pensare:

«Speriamo che nel frattempo il dollaro non si svaluti!».

E poi, all'improvviso, il brutto colpo di quella mattina di fronte al giornale murale: nemmeno una parola sul tizio dell'automobile!

Che cosa significava?

Era certo di non sbagliarsi. Sapeva che il posto era non più di una decina di metri oltre l'ambasciata inglese.

C'era un viavai di signore in abito chiaro, di governanti che portavano a spasso bambini ben vestiti.

Dov'era finita l'automobile nera?

Il Sorcio si diresse verso cours la Reine e si mise a gironzolare tra i cespugli.

E qui ebbe la seconda brutta sorpresa della giornata. Come per l'auto, si era illuso che sarebbe stato facile ritrovare il punto in cui aveva seppellito il portafogli.

Bighellonava facendo finta di niente, poiché un giardiniere del comune stava annaffiando il prato.

A mano a mano che avanzava la sua espressione diventava sempre più contrariata. Non ci si raccapezzava più! Alla luce del giorno lo scenario gli appariva diverso. Cercava il lampione che aveva preso come riferimento e adesso scopriva che ce n'erano tre uguali di fronte ad aiuole di tulipani perfettamente identiche, tranne che per il colore: giallo, rosso e viola.

Di notte, però, non aveva fatto caso al colore. Non erano quelli gialli, gli pareva. Ma al buio il rosso e il viola formavano la medesima chiazza scura...

Per di più – altro elemento di preoccupazione – i tulipani cominciavano ad appassire, e questo significava che presto avrebbero portato altri fiori da piantare al loro posto...

Il Sorcio ritenne opportuno zoppicare per avvicinarsi al giardiniere.

«... A quanto pare la pioggia di stanotte non è servita a molto...».

«... Per quello che devono restare ancora...».

«Li cambiate oggi?».

«Domattina...».

A quell'ora il commissario di polizia del quartiere dell'Opéra leggeva i rapporti della notte. Stava scorrendo il punto che si riferiva al ritrovamento, di fronte al Maxim, di una busta gialla contenente...

«Da trasmettere agli Oggetti smarriti...» disse al segretario, che appuntò un foglietto alla busta. «Chi è questo Mossel... Mossel come?».

«Mosselbach... Un alsaziano che vive sotto i ponti da non so quanti anni... Pare che sia un ex insegnante di solfeggio e armonium...».

«Comunque sia, è un uomo onesto!» decretò il commissario rivolgendo uno sguardo avido alla busta gialla rigonfia di banconote.

L'ispettore Lognon, invece, stava dormendo in camera sua, al quarto piano di uno stabile in place Constantin-Pecqueur. La moglie, in cucina, sbucciava piselli.

Di tanto in tanto l'ispettore, indispettito, scacciava con la mano una mosca che si ostinava a posarglisi sul naso.

Ad ogni modo, non l'avrebbero svegliato prima di mezzogiorno, dato che riprendeva servizio alle due.

2

LA FOTO NELLA BOMBETTA

A destare di soprassalto il Sorcio fu la certezza, che lo colse attraversando il sonno, di non aver sognato. Nel momento in cui ebbe tale certezza, aprì gli occhi e si rese conto da un insieme di sensazioni sgradevoli che la sera prima aveva bevuto troppo vino rosso.

Pazienza! A fatica, si tirò su a sedere sul pancaccio di legno, guardò un istante il giovane che gli dormiva accanto con la bocca aperta, e cercò di riconoscere le donne della gabbia di fronte attraverso l'inferriata.

L'odore non gli dava nessun fastidio: ci era abituato. Dovevano essere all'incirca le sei del mattino, perché un raggio di sole, che entrava da un lucernario rischiarando il grigiore del commissariato, gli ricordò l'*Annunciazione* della chiesa di Bischwiller, il dipinto che stava sopra l'altare maggiore.

Come tutte le mattine si grattò i piedi, e più ci rifletteva, più era certo di aver visto in sogno l'ispettore Lognon.

Lì per lì aveva stentato a crederlo. Si poteva dire che da ventiquattr'ore viveva praticamente faccia a faccia con l'immagine dell'ispettore Scorbutico. Non c'era troppo da meravigliarsi, quindi, che il suo viso ossuto dalle sopracciglia folte lo perseguitasse anche di notte.

Al momento, il Sorcio rammentava di aver aperto leggermente le palpebre pesanti, con la confusa sensazione di dover fare uno sforzo per svegliarsi, ma gli era mancato il coraggio.

Gli balenò in testa un altro pensiero, si voltò e corrugò la fronte constatando che il suo cappello era scomparso.

Ben gli stava! Era colpa sua! E non soltanto del vino rosso!

Come gli succedeva ogni volta che stava per commettere una sciocchezza, il giorno prima verso le cinque o le sei aveva avuto un presentimento e, come ogni volta, non ci aveva fatto caso. Si considerava troppo furbo, ovvio!

Era difficile spiegare come avesse avuto la certezza che Lognon lo tenesse d'occhio. Sono cose che si sentono. Per esempio, verso mezzogiorno, quando finalmente era riuscito a scovare il portafogli sotto i tulipani di cours la Reine, era sicuro che nessuno lo avesse visto. Lognon non si era ancora messo a caccia!

Il Sorcio era stato a un passo dal cedere alla tentazione di prendere la banconota da cento franchi. Eh no! Tutti sapevano chi era! Non avrebbe fatto in tempo a cambiarla che la voce si sarebbe sparsa negli interi VIII e IX arrondissement, tra l'Étoile, l'Opéra e faubourg Montmartre.

Se un divo del cinema non passa inosservato per la strada, ancora meno uno come il Sorcio! Nei quartieri che bazzica è noto a tutti gli agenti. Lo conoscono persino le prostitute e, in generale, quelli che frequentano i commissariati. Gente che quando si incontra si saluta. La sera, al suo arrivo in commissariato, c'è sempre una guardia che immancabilmente gli dice:

« Che cosa combinavi, alle tre, all'angolo di rue Boissy-d'Anglas? ».

Non li aveva presi i cento franchi! Fin lì era stato prudente, e anche dopo. Si era limitato a sfilare la fotografia dal portafogli e dietro, per ricordarselo, aveva scritto a matita il nome che c'era sulla busta: « Sir Archibald Landsburry ».

Il tempo era meraviglioso. Il Sorcio avrebbe potuto schiacciare un pisolino sulle rive della Senna, cullato dall'ansimare di una gru che scaricava blocchi di pietra da taglio, ma non l'aveva fatto.

Dal portafogli aveva estratto inoltre i tre biglietti rossi, che non erano del cinema ma del luna park.

Zoppicando con aria indifferente rifletteva a fondo e dapprima pensò di sbarazzarsi del portafogli gettandolo nella Senna. Ma non ne fu capace. Non sopportava l'idea di separarsi così, per sempre, da una banconota da cinquecento dollari e da una da cento, più la banconota francese.

Ciò non toglie che era rischioso: a un qualsiasi poliziotto, quello che vedeva all'angolo di rue Marbeuf, per esempio, poteva venire il ghiribizzo di portarlo al commissariato, così, per principio e, sempre per principio, o per abitudine, di perquisirlo.

E nascondere il portafogli in un cantiere? Ebbe un'illuminazione quando gli passò a fianco un vecchio autobus sul cui predellino stava ritto un uomo che gridava in un megafono:

«Longchamp, due franchi!... Longchamp!...».

Fin lì, ancora tutto liscio. Si era seduto in fondo all'autobus, che conosceva bene giacché andava spesso a lavorare all'ippodromo. Dopo essersi assicurato che il logoro sedile di similpelle non fosse rimovibile, aveva spinto il portafogli tra lo schienale e la seduta, fino in fondo. Poi, senza perdere tempo, era sceso a porte Maillot, di fronte al luna park.

Prima di entrare, aveva addirittura preso la precauzione di infilare la foto sotto il marocchino della sua bombetta e aveva chiacchierato affabilmente con l'uomo al tornello che sfoggiava una splendida uniforme rossa.

Non rischiava nulla né a mostrargli i biglietti né a domandargli con aria disinvolta:

«Sono ancora validi?».

«Non vede che sono già stati usati?».

«Quando?».

I tre biglietti erano stati utilizzati il giorno precedente, cioè il 23 giugno, poche ore prima della faccenda dell'auto. Il Sorcio venne a sapere anche un'altra cosa: uno dei tre biglietti era a tariffa ridotta, dunque per un bambino sotto i sei anni.

A quell'ora l'ispettore Lognon prendeva servizio. Il Sorcio lo sapeva. E quando, più tardi, ridiscese gli Champs-Élysées ebbe la netta sensazione che stesse succedendo qualcosa.

Il famoso presentimento che aveva commesso l'errore di trascurare. Non avrebbe saputo dire di preciso che cosa ci fosse di strano. Per esempio, un poliziotto si era girato di colpo al suo passaggio. E, per ben due volte in un'ora, aveva visto lo stesso agente a una certa distanza dal suo commissariato di appartenenza.

Adesso capiva, ma era troppo tardi. Sapeva come funzionano queste cose. Lognon, che afferiva al IX arrondissement, non aveva alcuna giurisdizione sull'VIII, ma poteva sempre fare una capatina dai suoi colleghi e dire: «A proposito... Tenete d'occhio gli andirivieni del Sorcio...».

Cosicché, allertando tutti gli agenti del quartiere, era possibile conoscere praticamente minuto per minuto ogni sua mossa!

Alle nove si era fatto l'entrata di un cinema degli Champs-Élysées dove c'era una serata di gala. Aveva racimolato dodici franchi e se li era subito bevuti: due bei litri con un etto di salame e un panino.

Poi, per evitare Lognon, aveva deciso di non dormire al commissariato dell'Opéra ma a quello del Grand Palais. In fatto di comodità, un posto valeva l'altro, e anche l'atmosfera. La sua popolarità era ovunque la stessa!

Recitò la commedia di rito, con più brio del solito per via della presenza di una ragazza piuttosto carina, che aveva perso un cagnolino e ne stava fornendo la descrizione al brigadiere. Nel frattempo, un agente tastava le tasche del vecchio e gli faceva togliere la giacca per esaminarla meglio. Il Sorcio, tanto per ridere e per divertire la giovane donna, aveva cominciato a togliersi anche i pantaloni, mostrandosi in mutande con le braghe calate fino alle ginocchia.

Ma Lognon era riuscito a fregarlo! Buon per lui! L'ispettore era arrivato durante la notte. Lo avevano informato di non aver trovato nulla addosso al vecchio e allora gli era venuta l'idea del cappello.

Il Sorcio aveva sete e si mise a strepitare per cinque minuti buoni finché qualcuno non andò ad aprirgli. Gli agenti del turno di giorno avevano dato il cambio a quelli del turno di notte.

«Gradirei riavere indietro il mio cappello...» brontolò lui.

Nessuno ne sapeva niente. Cercarono in giro e trovarono la bombetta dietro il bancone. Il Sorcio se la mise in testa e uscì.

Se la tolse solo sul lungosenna. La fotografia era al suo posto, ma sul cartoncino notò il foro di una graffetta.

In altre parole, Lognon aveva fatto fare una copia della fotografia.

Ormai si trattava di un conto aperto tra loro due. Il Sorcio lo conosceva a menadito, l'ispettore Lognon.

Anche ammesso che avesse scoperto qualcosa, dal punto di vista burocratico la faccenda non era di sua competenza. Lognon apparteneva alla Polizia municipale. Aveva il compito di sorvegliare la pubblica via, e in particolare di impedire la prostituzione clandestina, esclusivamente nel IX arrondissement.

Anche nell'eventualità che fosse venuto a conoscenza di un delitto, il suo ruolo si limitava a informarne i superiori, i quali a loro volta avrebbero provveduto a informare la Polizia giudiziaria.

Il Sorcio, però, sapeva che in questo caso si trattava di una questione personale. Lognon non poteva soffrire il vecchio barbone. Detestava gli originali e non tollerava gli scherzi. Il giorno in cui l'alsaziano gli aveva affibbiato il nomignolo di ispettore Scorbutico era diventato pallido dalla rabbia.

Come se non bastasse, era cocciuto. Aveva impiegato più di dodici anni a conquistare il grado di ispettore per via delle sue lacune in ortografia, a causa delle quali era stato ripetutamente bocciato agli esami. Dopo di allora aveva tentato tre volte il concorso per diventare commissario, e la terza volta dovevano avergli fatto capire che i suoi sforzi non sarebbero stati sufficienti a recuperare gli anni di studi che gli mancavano.

Ciò nondimeno, era in grado di recitare a memoria tutti i regolamenti e niente avrebbe potuto indurlo a transigere su una questione di servizio. Anzi! Faceva più del dovuto! Senza acredine, ma anche senza indulgenza: riteneva di essere pagato per questo!

Il Sorcio trascorse una giornata frustrante a cercare l'ispettore sotto il sole cocente, camminando per strade senza un filo d'aria e impregnate di un odore di asfalto rammollito.

Andò un paio di volte al commissariato dell'Opéra, dove Lognon faceva spesso un salto tra un giro e l'altro, ma non lo trovò. Di solito, in determinate ore, era impossibile percorrere i Grands Boulevards senza incrociarlo, intento a squadrare i passanti dall'andatura a suo giudizio troppo lenta. Stavolta, invece, di Lognon neanche l'ombra! E sui giornali nemmeno una parola a proposito di una certa automobile, né di un tizio in smoking o in frac morto di morte violenta due sere prima in avenue Gabriel.

Veniva il sospetto che si trattasse di una faccenda così importante da farne un segreto di Stato... Stranamente, al Sorcio sembrava che il viso dell'uomo divenisse, nel suo ricordo, sempre meno indefinito via via che passava il tempo.

Non avrebbe saputo dire se la macchina fosse ferma accanto a un lampione a gas. Lì per lì non aveva prestato molta attenzione, ma alcuni particolari gli riaffioravano alla memoria, soprattutto l'aspetto generale dello sconosciuto, grassoccio, di un biondo così chiaro che adesso avrebbe giurato che era uno straniero.

Il portafogli doveva essere sulle sue ginocchia, o sul fondo dell'auto, poiché era caduto fuori nel momento in cui aveva aperto la portiera. E...

Nessuno avrebbe detto che il Sorcio era immerso in profonde riflessioni. Camminava con la sua buffa andatura, a testa china come al solito, trascinando il piede sinistro, senza perdersi una cicca, benché fosse con il pensiero altrove. Questione di abitudine!

Come essere sicuri, per esempio, che il morto fosse solo nell'auto quando l'alsaziano aveva aperto la portiera?

Ecco cosa stava pensando, e aveva l'impressione di avvicinarsi pian piano: «fuochino», come dicono i bambini. Il corpo non era ancora freddo, e nemmeno rigido, ma molle, quasi flaccido.

Supponendo che l'uomo fosse al volante... Dietro di lui c'era qualcuno, nascosto sul sedile posteriore dell'auto... La macchina si stava fermando a un indirizzo preciso, magari davanti all'ambasciata inglese, dove forse si teneva un ricevimento...

In quel momento, l'uomo si era sporto da dietro, passando le braccia davanti al suo compagno per affondargli un coltello nel petto.

Perché un coltello? Senza una ragione precisa, il Sorcio vedeva un coltello. Non prendeva nemmeno in considerazione l'ipotesi di una pistola.

L'assassino stava per impadronirsi del portafogli quando, sentendo un passo strascicato, il suo, aveva dovuto in gran fretta accovacciarsi sul fondo dell'auto...

A ripensarci, al vecchio vennero i sudori freddi. Tanto che arrivò a chiedersi se non avesse avvertito un respiro provenire dal sedile posteriore...

E se, dopo che il Sorcio si era allontanato, l'assassino fosse passato sul sedile anteriore mettendosi al volante e avesse portato la macchina altrove, in un luogo più sicuro, per poi cercare il portafogli che non aveva visto cadere?...

Ai tavolini dei caffè la gente beveva birra ghiacciata e il Sorcio si intrufolava tra le gambe dei clienti per raccogliere i mozziconi di sigaretta. Quando vedeva una faccia simpatica, dopo essersi assicurato che non ci fossero uniformi nei paraggi, attaccava con la solita commedia.

« Mio principe, non avrebbe per caso due franchi per un mezzo litro di vino? ».

Il tutto accompagnato da una strizzatina d'occhi canagliesca: succedeva di rado che il tizio non ci cascasse.

Alle otto ancora nessuna traccia di Lognon, ma un po' più tardi, mentre si sedeva sul ciglio del marciapiede vicino al commissariato dell'Opéra per mangiare un boccone, il vecchio scorse il completo marrone dell'ispettore. Anche Lognon aveva senz'altro visto lui. Ma, contrariamente al solito, anziché cacciarlo via in malo modo, allungò il passo e girò la testa dall'altra parte come per non farsi riconoscere.

Il Sorcio si mise a corrergli dietro, e non era un'impresa facile. A mano a mano che si avvicinava, l'altro accelerava il passo e il vecchio fu costretto a chiamarlo.

« Psst!... Ispettore!... Aspetti, e che diamine!... Ho delle novità da riferirle... ».

Stavolta Lognon si bloccò di colpo, con un'espressione ingrugnata che gli faceva sembrare le sopracciglia più folte che mai.

« Che cos'hai da dirmi? ».

« Niente... ».

« E allora?... ».

E accennò ad andarsene.

« Aspetti, per la miseria!... Voglio dirle lo stesso una cosa... Ma deve darmi un attimo di tempo... ».

Non sapeva più come fare! Erano tutti e due fermi davanti all'ingresso delle comparse. Era una sera tranquilla, con il cielo rosa confetto.

« Parla! » si spazientì Lognon.

« A proposito della giovane signora... ».

Strizzatina d'occhi, espressione imbarazzata.

« Ti ascolto ».

«Sa di chi sto parlando, vero?».

«Aspetto che tu me lo dica».

«Senta... Lei è più intelligente di me e non è giusto che ne approfitti... Facciamo uno scambio! Io gioco a carte scoperte... Mi dica qualcosa lei e anch'io le dirò qualcosa...».

In quei momenti il Sorcio aveva uno sguardo infantile. E lo sapeva. Da quell'artista che era sfruttava la sua vecchia faccia rugosa.

«Dimmi pure!...».

«No! Sa bene che il Sorcio quel che promette mantiene... Se mi dà un'informazione, in cambio io gliene do un'altra che potrebbe avere una certa importanza...».

«Vieni al commissariato...».

«Preferisco parlare qui. E poi al commissariato mi sentirebbero i suoi colleghi, e allora non sarebbe più l'unico a potersene servire...».

Vedeva che l'altro esitava, che la proposta lo allettava.

«Che cosa sai?».

«Glielo dirò se prima risponde alla mia domanda».

«E fammi questa domanda».

«Dove abita la giovane signora?».

L'ispettore la prese molto sul serio, rimuginava, sbirciava il vecchio da sotto in su.

«Quale giovane signora?».

«Lo sa benissimo. Guardi che sono capace di trovarla anch'io. Solo che non ho a disposizione i mezzi che ha lei! Per esempio, scommetto che ha fatto il giro di tutti i fotografi che stampano quel genere di ritratti... Pensi quanto ci metterei io con le mie vecchie gambe!... Senza contare che lei può farsi aiutare dai colleghi...».

Lognon guardava da un'altra parte, smanioso, nonostante tutto, di sapere.

«Cos'hai da dirmi? Camminiamo. Stiamo dando nell'occhio...».

«Vuole che faccia finta di chiederle l'elemosina?».

Così fece, ma con una certa ansia nello sguardo.

«Mio buon ispettore, abbia pietà di un pover'uomo che vuole ritrovare una bambina perduta...».

«Di che stai parlando? È tua figlia?».

«Non ho detto questo...».

Guai a fare un passo falso! Il pesciolino aveva abboccato! Lognon era lì lì per cedere!

«Un accattone come il Sorcio a volte può rendere grandi servigi... Sento che l'ha trovata... Non dica di no!... Lei è troppo onesto per negare!».

«Parla prima tu, allora».

«Eh, no, non vale!... Ma le do la mia parola che le dirò qualcosa... Allora, dove abita?».

«In avenue du Parc Montsouris».

«Verso place Denfert o verso il parco?».

«Dalle parti di rue Dareau... E adesso, parla! Perché tenevi nascosta quella fotografia nel cappello? Mercoledì sera, quando ti hanno perquisito al commissariato, non ce l'avevi... Come l'hai avuta?».

«L'ho trovata».

Lognon lo guardò con durezza, lasciando intendere che non era il momento di scherzare.

«Chi ha scritto un nome sul retro?».

«Lo sa benissimo, dato che conosce la mia scrittura. Sono stato io!».

«Perché?».

«Perché avevo una matita...».

«Vieni con me al commissariato!».

Davanti alla porta dell'Opéra un piantone osservava la scenetta divertito, curioso di sapere quale fosse stavolta il motivo del battibecco tra il barbone e l'ispettore Scorbutico. Lognon se ne accorse e per poco non si stizzì.

«Seguimi!».

«Aspetti... Giuro che parlerò...».

«Dove hai pescato quel nome?».

«Archibald Landsburry?...» ripeté il Sorcio.

«Dove l'hai pescato?».

«L'ho letto sulla targa di una macchina...».

Faceva il buffone! Guadagnava tempo.

«Dove?».

«Di fronte alla Taverne Royale...».

«E perché l'hai appuntato?».

«Perché la persona che era nell'auto mi ha dato cinque franchi di mancia... Volevo pregare per lui».

«Era un uomo?».

«Sì...».

«Di mezza età?».

«Sì... con i capelli brizzolati...».

Il Sorcio cominciava a preoccuparsi. Perché l'ispettore si interessava tanto a un nome invece di occuparsi della giovane donna del ritratto?

«Quando è successo?».

«Ieri, verso le quattro...».

Che Archibald Landsburry fosse l'uomo dell'auto, il morto di avenue Gabriel?

«E la foto?».

«L'ho trovata...».

«In strada, così, per caso?».

«No! Per terra, in un bistrot di... rue Washington...».

Ora il Sorcio era davvero spaventato. Non poteva più guadagnare tempo gigioneggiando, e Lognon parlò con durezza:

«E adesso, sentiamo, cosa volevi dirmi...».

Dal suo sguardo si capiva chiaramente che, se non fosse rimasto soddisfatto, le cose avrebbero potuto mettersi male.

«Volevo dirle che l'altro ieri ho incontrato la signora del ritratto, sì, il 23 pomeriggio, al luna park...».

«E poi?».

«Niente... Era insieme a un bambino e a un signore...».

«L'hai vista?».

«Sì».

«Che aspetto aveva l'uomo?».

Bisognava che dicesse qualcosa, per sapere.

«... Biondo... biondissimo... bello in carne...».

Quella risposta sembrò placare l'ispettore. Dunque

non contrastava con le sue informazioni! Per scrupolo grugnì:

«Che ci facevi al luna park?».

«Sa com'è... A volte c'è da dare una mano per un'attrazione... Mi capita di battere la grancassa e, quando manca un musicista, persino di suonare il corno...».

Sul viso di Lognon si scorgevano, come incisi nel legno, lo sforzo del ragionamento, il timore di essere imbrogliato e la volontà di avere ragione, di vincere la partita.

«È tutto quel che sai?».

«Che altro dovrei sapere?» ribatté il Sorcio ostentando un perfetto candore.

«Ovviamente...» pareva dire l'altro.

Eppure gli dispiaceva mollare la presa. Gli sembrava di non essere all'altezza del compito, che sarebbe bastato poco, una scintilla, per scoprire qualcosa che riusciva solo a intuire.

«Che ci vuoi fare con quella foto?».

«E lei?».

«Non ti riguarda».

«Nel mio caso, trattandosi di una questione sentimentale, è una cosa ancora più personale. Non vorrà proibirmi di innamorarmi...».

«Ti ritroverò...» minacciò l'ispettore sul punto di andarsene.

Ma si fermò di nuovo, facendo un ultimo tentativo.

«Sei proprio deciso?».

«A far che?».

Inutile insistere. Meglio tornare a casa e rifletterci su.

Il Sorcio andò a dormire al commissariato delle Halles, in modo da trovarsi già in direzione di avenue du Parc Montsouris. Era meno pulito rispetto all'Opéra e c'era odore di verdure marce. Lì non conosceva nessuno, ma ebbe la fortuna di imbattersi in un vecchio che divise con lui un pacchetto di caramelle.

Prima di addormentarsi, il Sorcio aveva chiesto al vicino, intento a raschiarsi un callo con il temperino:

« Conosci per caso un certo Archibald Landsburry? ».

« Mai sentito nominare » aveva risposto quello.

Dopo aver letto il nome sul retro della foto, a Lognon era bastato consultare un elenco telefonico per convincersi di non essersi sbagliato: quel nome corrispondeva proprio all'ambasciatore inglese a Parigi. C'era solo una discrepanza: sulla fotografia c'era scritto « Sir », mentre l'ambasciatore era un lord.

Contro ogni aspettativa, trovare l'originale del ritratto era stato molto più facile. Nel pomeriggio, Lognon si era fatto sostituire da un collega del IX arrondissement e aveva fatto un salto al Casellario giudiziario al Quai des Orfèvres.

Era in preda all'agitazione, tanto più che il suo sogno, un tempo, era stato di far parte di quella sezione che, ai suoi occhi, rappresentava l'aristocrazia della polizia.

Non chiese di vedere un alto funzionario ma un semplice fotografo, e si trovò, lassù, nel sottotetto, in presenza di un giovanotto magro, dalla faccia cosparsa di lentiggini.

« Ispettore Lognon, del IX arrondissement... Mi scusi se la disturbo, perché non sono qui per motivi di servizio... ».

In fondo Lognon era timido, e soprattutto era consapevole della propria inferiorità.

« Vorrei chiederle... Supponiamo che le consegnino questo ritratto e le chiedano di rintracciare l'originale... ».

« La donna? ».

« Sì... Tanto per cominciare, esistono molti apparecchi in grado di fare fotografie uguali?... ».

« Ce n'erano molti fino a cinque o sei anni fa... Ora si usano apparecchi automatici... ».

« E quindi? ».

Già, e quindi? Da un tecnico non ci si aspetta forse una risposta risolutiva?

«Converrebbe cominciare dallo schedario... Non si sa mai...».

Tutto lì! Il fotografo non sapeva altro!

«Se facesse il giro dei fotografi di Parigi...» disse senza convinzione.

Se necessario, Lognon lo avrebbe fatto eccome! Magari per niente! Avrebbe approfittato delle ferie. Ma avrebbe scoperto che cosa nascondevano i modi misteriosi del Sorcio.

Per ogni evenienza, chiese di parlare con un ispettore della Buoncostume, un collega, in sostanza, seppure un collega della Casa Madre.

Gli fecero attraversare una sfilza di corridoi come a un visitatore qualunque. Attese in un'anticamera. Gli toccò mostrare la foto una decina di volte e alla fine gli consegnarono una scheda, insomma un fascicolo.

«Lucile Boisvin, nata nel dipartimento di Seine-et-Marne, domestica tuttofare presso un fornaio di avenue des Ternes, arrestata una prima volta per prostituzione clandestina, il...».

Arrestata due, tre volte, sette anni prima, all'età di diciotto anni.

Lognon si rituffava nel suo elemento, ritrovava lo stile dei propri rapporti e, ad ogni buon conto, prese appunti.

Lucile Boisvin si era riscattata in fretta e, pochi mesi più tardi, in seguito al rapporto di un ispettore che dichiarava che la donna si era stabilita in un appartamento di sua proprietà al 37 di avenue du Parc Montsouris e disponeva di mezzi di sussistenza regolari, aveva cessato di essere oggetto di sorveglianza speciale.

In effetti aveva un amante, tale Leroy, un commesso viaggiatore svizzero, che provvedeva al suo mantenimento.

Alle cinque, mentre gli agenti dell'VIII arrondissement sorvegliavano gli andirivieni del Sorcio, Lognon suonava il campanello di un appartamento di avenue du Parc Montsouris. L'edificio dava sul marciapiede soleggiato dell'avenue e, appena entrato, l'ispettore fu abbagliato dalla luminosità dell'appartamento dai muri bianchi, le tende a colori vivaci, i mobili così lustri che sembravano appena usciti dal negozio.

Sul balcone c'era un bambino di cinque anni intento a giocare. Lucile Boisvin, anche lei vestita di chiaro, non faceva più pensare alla ragazzina scapestrata del ritratto, né ai rapporti di polizia, ma piuttosto a una giovane mamma modello che sferruzzava una lana verde.

Quando Lognon entrò senza dire una parola, scuro in volto, la donna trasalì e chiese:

«Viene da parte di Edgard?».

Poi, vedendo aggrottarsi le folte sopracciglia, si spaventò:

«Non gli sarà successo qualcosa, spero...».

«Non credo... Ho trovato questa foto nel quartiere... Mi premeva restituirgliela...».

Lei non capiva!

«Come sapeva che ero io?».

Lognon si impappinò, spiegò che abitava in rue Dareau, che l'aveva vista altre volte e aveva pensato che tenesse a quella foto.

Lei, sconcertata, si rigirava il cartoncino tra le dita.

«Ammetta che è stato Edgard a dirglielo...».

Lognon era sulle spine. Non era in missione ufficiale e aveva fretta di togliere il disturbo.

«... Non ci capisco più nulla... Somiglia alla fotografia che si ostina a tenere in tasca... Mi dica... È sicuro che non gli sia successa una disgrazia?...».

Il bambino li stava ascoltando. Lucile Boisvin era bruna, il piccolo invece aveva i capelli di un biondo platino e la carnagione lattea.

«Perché non è venuto?» mormorò la donna quasi a se stessa.

Quella visita l'aveva messa in agitazione. Non aveva invitato l'ispettore ad accomodarsi. C'era un bel tepore e Lognon pensò che gli sarebbe piaciuto abitare in un appartamento così luminoso, senza un oggetto fuori posto, senza un granello di polvere. Insomma, un appartamento che ricordava un po' una clinica di lusso.

« Aspettava il signor Leroy? » domandò senza un briciolo di tatto.

« Allora lo conosce! Avanti, mi dica subito quello che deve dirmi... ».

« Le giuro... Ho trovato la foto... Ho chiesto al lattaio dove abitava... ».

« Ma come fa a sapere il nome del mio amante? ».

Diceva semplicemente « amante », senza falsi pudori, senza preoccuparsi del bambino.

« La portinaia... ».

« Ah! ».

Non gli credeva. Ma non sapeva che altro fare per convincerlo a parlare e lasciò che uscisse dalla porta camminando all'indietro. Restò ad ascoltare mentre scendeva i tre piani di scale senza prendere l'ascensore, poi posò la foto sul tavolo e la contemplò per un pezzo con aria preoccupata.

A un certo punto, soprappensiero, la voltò, lesse il nome di Sir Archibald Landsburry sul retro e alzò le spalle come a dire:

« Vedremo... ».

Non aveva mai sentito quel nome e non leggeva i giornali.

3

FRÉDÉRIC MÜLLER E DORA L'UNGHERESE

Furono, senza esagerare, due ore spaventose, ma di uno spavento privo di grandezza o di poesia, due ore in cui all'ansia iniziale un po' alla volta era subentrato il panico, in quella vasta sala dove occorreva per forza rimanere impassibili sotto lo sguardo di sette o otto persone, le quali, al contrario, sembravano perfettamente a proprio agio.

Più di una volta Lognon fu sul punto di alzarsi e farsi riconsegnare il cappello marrone dall'inserviente che glielo aveva preso, aumentando il suo disagio, giacché era abituato ad aspettare con il cappello sulle ginocchia.

Appena entrato nell'ambasciata d'Inghilterra, se ne era subito pentito e guardava con invidia, attraverso le finestre, il fogliame che ondeggiava liberamente sui rami degli alberi.

Ad ogni modo, aveva fatto male. Sbagliava a voler strafare, come non si stancava di ripetergli sua moglie.

Ma provava il bisogno di fare chiarezza in quella losca faccenda della busta piena di dollari e voleva dimostrare al Sorcio che un ispettore di polizia non era necessariamente un imbecille. Che diamine!

Stavolta, però, aveva esagerato! Presentare il suo biglietto da visita a Lord Archibald Landsburry, ambasciatore d'Inghilterra! Un cartoncino con stampato sopra «Ispettore della Polizia municipale»!

Ogni tanto entrava nella sala d'attesa qualche altro visitatore: alcuni restavano in piedi, altri si sedevano, ma nessuno aveva aspettato più di venti minuti.

Dopo un'ora, Lognon sudava dall'ansia. Tanto da convincersi che l'ambasciatore avesse telefonato al questore per lamentarsi di quella visita sconveniente.

Alla fine lo avevano fatto entrare in uno studio sontuoso e un giovanotto manierato gli aveva indicato una sedia.

«Lord Landsburry?» aveva balbettato Lognon, il quale più si sentiva a disagio più diventava scontroso.

«Un suo segretario...».

«Ma io ci terrei a vedere...».

Non sarebbe stato in grado di dire cosa successe esattamente in seguito. Attraversò due uffici, oltrepassò una porta imbottita, si ritrovò in una stanza di una grandiosità inaudita e si tuffò verso una figura seduta, verso un monocolo.

«Volevo soltanto chiedere a Sua Eccellenza se Lei... se Ella conosce questa persona...».

E tirò fuori il ritratto di Lucile Boisvin del quale, già che c'era, aveva fatto fare cinque o sei copie. Era l'unica cosa che aveva in mano. Doveva pur sfruttarla!

La domanda lo stupì a tal punto che l'ambasciatore rimase a fissare un bel po' la fotografia prima di restituirla all'ispettore.

«Chi è?» chiese infine.

«Nessuno... Non ha importanza... Dato che non la conosce...».

Se ne andò senza prendere il cappello. Un inserviente dovette corrergli dietro per restituirglielo. Si sentiva umiliato, sminuito e indispettito allo stesso tempo, e per di più era preoccupato, giacché il suo biglietto da visita era rimasto sulla scrivania di Lord Landsburry, il quale, per scrupolo di coscienza, poteva benissimo far telefonare in Questura.

Uscito dall'ambasciata, si dirigeva a tutta velocità verso il marciapiede di fronte quando scorse il vecchio Sorcio placidamente seduto su una panchina.

Senza pensarci due volte, Lognon gli andò incontro con un piglio così deciso che l'altro alzò il braccio come per parare un colpo.

«Che ci fai qui?».

«Lo vede, no? Faccio uno spuntino! E lei? Racconti un po', che cosa dice Archibald?».

L'usciere gallonato davanti alla porta dell'ambasciata poteva vederli. Rendendosi conto che stava scivolando lungo la china delle imprudenze, Lognon divenne rabbioso.

«Senti... Noi due dobbiamo parlare... Vuoi venire da me, stasera, verso le otto?... Abito al 29 di place...».

«... Constantin-Pecqueur... Lo so!».

Il Sorcio gli strizzò l'occhio, si allontanò strascicando il piede sinistro, chinandosi a raccogliere una cicca.

Alle otto, quando suonarono alla porta di casa, Lognon fece segno alla moglie. Questa, afferrato il figlio per un braccio, si ritirò con lui in camera da letto e chiuse la porta. Nel frattempo, andando ad aprire, l'ispettore girò la manopola della radio che gracchiava a basso volume.

La casa era pressoché in ordine. Avevano cenato appositamente un po' prima del solito. Un quaderno del bambino e un libro di aritmetica erano aperti sul tavolo. Sulla credenza restava qualche prugna.

Il Sorcio entrò con l'aria di non sapere esattamente che cosa lo aspettava. A scanso di equivoci, recitò la solita commediola e, dopo essersi guardato intorno, lanciò un breve fischio.

«Guarda guarda! Niente male casa sua!».

La cosa più spiacevole era la mancanza di spazio. La stanza era angusta. Si riusciva giusto a passare tra i mobili, ma un paralume arancione di pasta di vetro iridato creava una certa intimità.

Lognon era in pantofole.

« Siediti ».

Lo assalì una sensazione sgradevole, simile al panico che aveva provato all'ambasciata. L'ispettore cercava le parole, agitato all'idea di fare un passo falso e, soprattutto, di compromettere la situazione.

Gli parve che anche il suo interlocutore fosse nervoso, addirittura trepidante, e che il suo sguardo avesse un'insolita fissità, ma sbagliava ad attribuire il turbamento del Sorcio al fatto che era la prima volta che metteva piede in casa di un ispettore di polizia.

« Adesso parliamo un po' seriamente, eh? » esclamò Lognon caricando la pipa, che fumava solo in casa.

Fece uno sforzo per sorridere.

« Giochiamo a carte scoperte, eh?... ».

Quando ripeteva in quel modo « eh?... eh?... » era segno che non era sicuro di sé. E stavolta continuava a ripeterlo all'infinito.

« Carte in tavola, eh?... ».

Le mani del vecchio, appoggiate sulle ginocchia, tremavano, ma Lognon non poteva vederle, nascoste com'erano dal copritavolo a frange.

Se il 24, il 25 e la mattina del 26 giugno i giornali non avevano accennato in alcun modo alla storia dell'auto e del morto, appena un'ora prima, su un giornale della sera, il Sorcio aveva letto:

Allarmante scomparsa a Parigi di un finanziere svizzero

« La polizia indaga sulla misteriosa scomparsa di un importante esponente dell'alta finanza, il signor Edgard Loëm, di Basilea.

« Loëm, che regge le sorti di un gruppo finanziario noto con il nome di Gruppo di Basilea, soggiornava spesso nelle diverse capitali europee, in particolare a Parigi.

«Qui affittava tutto l'anno una suite presso l'Hôtel de Castiglione, all'angolo di place Vendôme, dove risiede altresì il suo procuratore commerciale per la Francia, il signor Frédéric Müller.

«Infine, dettaglio non trascurabile, durante i suoi soggiorni nella nostra capitale, Loëm noleggiava, in un'autorimessa vicino all'Étoile, un'auto di lusso che era solito guidare personalmente.

«A bordo di questa macchina, il 23 giugno, verso le otto di sera, ha lasciato place Vendôme, con ogni probabilità per recarsi a un ricevimento, dato che indossava il frac.

«Da notare che Loëm, conosciuto soltanto in certi ambienti finanziari, era un uomo estremamente riservato e la sua vita mondana si limitava al minimo indispensabile.

«Dov'era diretto quella sera? Il procuratore Müller non ne era stato informato. Sta di fatto che l'indomani Loëm non è rientrato all'Hôtel de Castiglione. A distanza di tre giorni non si hanno ancora sue notizie.

«Fino all'ultimo Müller ha creduto che, come era successo altre volte, il finanziere fosse partito per Bruxelles o Amsterdam senza avvertirlo. Ma le telefonate a vuoto ai vari domicili lasciano supporre che l'assenza di Loëm non sia volontaria.

«La macchina a noleggio, che l'autorimessa ha rilevato di recente da un industriale di Seine-et-Oise, porta ancora la vecchia targa: YA-56713. È una berlina a sei posti di colore blu scuro.

«Edgard Loëm è un uomo di bassa statura, dai capelli chiarissimi; ha un leggero accento ed è piuttosto corpulento.

«Stando a Müller, Loëm normalmente non aveva con sé grosse somme di denaro.

«L'indagine è stata affidata al commissario Lucas, della Polizia giudiziaria».

Un'ora prima di leggere quella notizia il Sorcio avrebbe dato chissà cosa pur di porre fine a quell'incertezza e conoscere l'identità del *suo* cadavere. Gongolava all'idea del colloquio a casa dell'ispettore e zoppicava allegramente in direzione di Montmartre.

Aveva letto il giornale dal tabaccaio di place de Clichy, e da quel momento cercava invano di trovare il bandolo della matassa.

« Sigaretta? » offrì Lognon in tono burbero.

« Non faccio complimenti... ».

Nella stanza accanto, la signora Lognon stava mettendo a letto il bambino. Al piano di sopra si sentiva qualcuno camminare. Lognon aspettò con calma che il suo viso assumesse la serietà voluta, e conferì una certa gravità al suo sguardo prima di posarlo sul barbone.

« Vuoi giocare a carte scoperte, eh? ».

Sempre quell'« eh? » a tradirlo.

« Senti... Tu mi conosci... Sai che non mollerò finché non avrò ottenuto quello che voglio sapere... ».

« Sì, la conosco! » ammise il Sorcio.

« Ci sono colleghi che al posto mio si comporterebbero diversamente ».

Il vecchio abbozzò un sorriso. Non temeva le minacce. Sapeva che il suo interlocutore alludeva alla possibilità di farlo arrestare per un reato qualsiasi, vero o presunto, di quelli che si possono sempre imputare a un barbone.

La pipa era sporca e produceva uno sgradevole risucchio, ma Lognon doveva esserci abituato perché non ci badava.

« E non ti prometto nemmeno che, se hai qualcosa sulla coscienza, farò in modo che tu non abbia grane. Non sono il tipo... ».

Verissimo. In fondo era un uomo retto. E in fondo in fondo, persino un brav'uomo.

Ma voleva sapere!

« Rispondi francamente! È la cosa migliore: ti conviene... ».

« Rispondere a chi? » replicò l'altro con aria ingenua.

« A me! ».

«Chiedo scusa! Devo rispondere all'ispettore Lognon del IX arrondissement o al signor Lognon del 29 di place Constantin-Pecqueur? È questo che vorrei sapere...».

C'era da aspettarselo! Aveva sbagliato a farlo venire a casa sua.

«Rispondi a chi ti pare... Innanzitutto dimmi come hai conosciuto quella donna...».

«Lucile Boisvin?» disse seraficamente il Sorcio.

«Quindi la conosci!».

«Come lei... Soltanto da poco... Ieri sera lei mi ha gentilmente informato che abita in avenue du Parc Montsouris... Stamattina ci sono andato e mi sono seduto sulla stessa panchina dov'era seduta lei mentre il bambino giocava nel parco...».

«Le hai parlato?».

«Non sulla panchina... Non sta bene rivolgere la parola a una signora per strada... Ho aspettato che rincasasse dopo aver fatto la spesa in avenue d'Orléans... Dove ha comprato due costolette di montone...».

«Sei andato a casa sua?».

«Per restituirle la fotografia, come lei!... Mi ha guardato angosciata e poi è andata a prendere un'altra foto identica posata sul caminetto. Non si raccapezzava...».

«Che cosa ti ha detto?».

«Mi ha chiesto se conoscevo il signor Leroy... Tremava tutta... A un certo punto ho temuto che scoppiasse in lacrime... Io le ho confessato apertamente di non aver mai sentito parlare del signor Leroy, ma che c'era un nome scritto dietro la foto... Ha presente? Archibald...».

«E poi?».

«Nient'altro! Me ne sono andato... Appena uscito mi è venuta l'idea di cercare Archibald Landsburry sull'elenco telefonico e sono entrato in un bar tabacchi... Purtroppo io non ho libero accesso alle ambasciate... Che cosa le ha detto il nostro Archibald?».

«Niente».

Lognon aveva risposto senza pensarci. Si corresse.

«Non ti riguarda».

«Lo vede com'è, lei? Io le dico tutto, francamente, senza nascondere niente... Senta un po', fa un caldo maledetto qui dentro...».

E si asciugò la fronte con la manica. Quindi si alzò.

«Visto che non abbiamo più niente da dirci...».

«Mosselbach!» esclamò Lognon usando quel nome per la prima volta.

«Che c'è?».

«Dimmi la verità!...».

«Quale verità?».

«La storia dei dollari e della fotografia...».

«Devo ricominciare da capo? Ecco! Era mercoledì ed ero andato a mangiare la minestra sulla chiatta dell'Esercito della Salvezza, visto che il mercoledì è il mio turno. Pioveva e...».

«Non ti ho chiesto questo».

Il vecchio mentiva! Lognon ne era certo. Ne aveva avuto sentore fin dal primo giorno, dal momento in cui il Sorcio aveva fatto il suo numero al commissariato dell'Opéra. Tutte quelle precisazioni di tempo e luogo, il portiere del Maxim, Léa e la storia dei quattro franchi per il taxi!...

«Se preferisce, posso inventare... In questo sono un artista. Mettiamo che abbia rubato le banconote a un cliente ubriaco...».

«Basta così!».

Meglio non insistere. Lognon sarebbe stato capace di commettere qualche sciocchezza. Si diresse verso la porta e la aprì.

«Staremo a vedere» disse in tono minaccioso.

«Se è per questo che mi ha invitato!... Ad ogni modo, arrivederci... Se ha ancora bisogno di me, mi può trovare al commissariato da mezzanotte in poi...».

Il Sorcio scese i quattro piani di scale borbottando:

«Loëm... Loëm... Si chiamava Loëm...».

E allora? A pensarci bene che cosa gliene importava?

L'indomani, a mezzogiorno, quando uscì dall'ufficio del commissario di divisione Lognon non aveva più pesi sulla coscienza. Meglio così! Del resto, il commissario lo aveva ascoltato senza troppo interesse, ripetendo « ehm... ehm... » diverse volte per poi dichiarare:

« Me lo metta per iscritto... Comunicherò il rapporto per ogni evenienza... Ma dal momento che non è stata sporta denuncia... ».

Lognon cercò di scrivere il rapporto in ufficio, si arenò quattro o cinque volte dopo poche righe e alla fine si portò il lavoro a casa.

Era difficile come non mai! A voce riusciva, bene o male, a giustificare i suoi sospetti, o per lo meno a renderli plausibili. Per iscritto, le sue affermazioni assumevano un tono farneticante.

« ... è evidente che l'atteggiamento del Sorcio, che conosco da una decina di anni...

« ... balza agli occhi che il fatto di nascondere la foto nella fodera del cappello...

« ... a rigor di logica, se il 23 giugno qualcuno avesse effettivamente smarrito una somma di oltre centocinquantamila franchi, a quest'ora si sarebbe già fatto vivo... ».

Lesse il rapporto alla moglie, che stava poco bene e ascoltò distrattamente.

« Che ne pensi? ».

« Penso che non dovresti far venire in casa gente simile... Non si sa mai! ».

Non appena ebbe posato il rapporto sulla scrivania del commissario di divisione, Lognon si sentì comunque sollevato. Per distrarsi un po', quella sera avrebbe fatto un giro più approfondito, perlustrando gli angoli più reconditi del suo quartiere, e per essere sicuro di sfuggire alla tentazione giurò a se stesso di evitare il Sorcio.

Colpo di scena nel caso del finanziere svizzero
Una giovane ungherese accusa Frédéric Müller
dell'omicidio del suo superiore

«Nell'edizione di ieri sera abbiamo riferito della scomparsa, avvenuta il 23 giugno, del finanziere svizzero Edgard Loëm, il quale era uscito dall'Hôtel de Castiglione verso le otto per recarsi a un ricevimento. Ricordiamo che è stato Frédéric Müller, il procuratore commerciale per la Francia dello scomparso, a dare per primo l'allarme.

«Questa mattina il commissario Lucas della Polizia giudiziaria si è recato all'Hôtel de Castiglione per raccogliere le informazioni necessarie alle indagini.

«Benché situato all'angolo tra l'omonima via e place Vendôme, l'Hôtel de Castiglione non è un albergo dal lusso appariscente. Si entra da una semplice porta girevole collocata tra la vetrina di un pellicciaio e quella di un noto gallerista.

«L'atmosfera è austera e un po' vecchiotta. Una scala con torciere di bronzo e una guida rossa conduce al piano nobile, dove si trovano i saloni e la direzione.

«La clientela è composta soprattutto da habitué, in particolare uomini d'affari stranieri che a un lusso chiassoso preferiscono la tranquillità.

«Il maître, che lavora lì da quarant'anni, ci ha fornito un vivido ritratto di Edgard Loëm, la persona più modesta e discreta del mondo, come ha detto lui.

«E ha aggiunto:

«"Chi non lo conosceva poteva scambiarlo per un semplice cassiere o un impiegato di banca. Vestiva quasi sempre di grigio, il suo colore favorito. Dato che occupava sempre la stessa suite, aveva fatto tappezzare di grigio anche quella...".

«Non aveva un ufficio. Ce n'era uno, invece, nella suite del signor Müller, comunicante con la sua. In teoria Loëm non c'era per nessuno e non rispondeva al telefono.

«Ricevere le visite era compito del signor Müller, che a volte lasciava solo un cliente per andare un istante nella stanza accanto a consultare il suo superiore.

«A una nostra domanda un po' indiscreta, il maître ha esclamato:

«"Donne, lui? Mai, nemmeno per idea! Né donne né alcol né tabacco...".

«Infine, a completare il ritratto del misterioso scomparso, la seguente precisazione:

«"No! Non si può dire che si ammazzasse di lavoro. Tutti i fascicoli sono in una cassaforte nella suite del signor Müller. In compenso, dedicava intere ore alla sua collezione di francobolli".

«Veniamo ora al colpo di scena di stamattina. Il commissario Lucas, la cui discrezione è nota, si era trattenuto per quasi un'ora a tu per tu con il signor Müller senza che nulla trapelasse di quel colloquio.

«Mi trovavo, insieme a pochi altri giornalisti, nella hall dell'albergo, quando dall'ascensore è uscita una giovane donna vestita con rara eleganza.

«Ha immediatamente attirato su di sé gli sguardi di tutti, sia per il tailleur di seta chiara e i capelli color mogano sia per il suo stato di estrema agitazione. Posso affermare con certezza che ha capito subito che eravamo esponenti della stampa, perché si è diretta verso di noi senza la minima esitazione.

«"È ancora là dentro?" ha chiesto indicando la porta di Müller.

«Poi, senza aspettare la risposta, ha chiamato il maître che stava passando di là.

«"Germain! Mi porti subito un cocktail...".

«"Un Rose, Miss Dora?".

«Romena? Ungherese? Abbiamo discusso un po' sottovoce tra di noi per tentare di individuare la provenienza del suo accento. Nel frattempo la donna passeggiava su e giù per la hall, pestando nervosamente i tacchi alti sul tappeto rosso. Poi ha buttato giù d'un fiato il bicchiere che Germain le aveva servito su un vassoio.

«Ho anche notato che il direttore e il responsabile della reception sembravano preoccupati dell'agitazione della donna e parlottavano tra loro.

«In quell'istante si è aperta la porta. Per primo è uscito il commissario, seguito da un tipo mingherlino, pettinato con la riga in mezzo.

«Il simpatico commissario Lucas non ha fatto in tempo a stringere la mano che Müller gli tendeva, che già la donna si era intromessa dichiarando in tono perentorio:

«"È stato lui a uccidere Edgard!".

«Immaginate il subbuglio! Miss Dora, tuttavia, ha continuato con eccitazione febbrile, infarcendo il discorso di parole straniere:

«"No, non sono pazza, come lui cercherà di farle credere!..." (il commissario aveva mosso un passo verso il salottino e la donna aveva preso a urlare ancora più forte). "Che i signori della stampa sentano tutto... Le dico che è stato Müller a uccidere Edgard Loëm... Di sicuro ha affermato di non averlo più rivisto dopo le otto di sera del 23 giugno... Io invece dichiaro che sono andati via insieme in macchina...

«"Il maître potrà confermare che in mattinata avevano avuto una lunga discussione e che, contrariamente alle sue abitudini, Loëm aveva alzato la voce...".

«A quel punto, il commissario è riuscito a farla entrare nel salottino e a chiudere la porta. Deve aver telefonato alla Polizia giudiziaria perché mezz'ora dopo è arrivato un giudice istruttore, seguito dal cancelliere, e la porta si è richiusa alle loro spalle.

«È quindi stato fatto entrare Germain. Il maître si è fermato solo alcuni minuti e si è rifiutato di rilasciare dichiarazioni alla stampa, senza smentire né confermare la presunta discussione tra il finanziere e il suo procuratore.

«Pur non potendo rivelare la fonte delle nostre informazioni, siamo in grado di affermare che Miss Dora, una giovane ungherese appartenente a una stimata famiglia di giuristi di Budapest (motivo che ci induce a tacere il cognome), è domiciliata da più di un anno all'Hôtel de Castiglione e intratteneva frequenti rapporti con Frédéric Müller.

«Nonostante la discrezione del personale di questo tempio del silenzio, crediamo di poter azzardare l'ipotesi che fosse la sua amante e sappiamo, tra l'altro, che Müller provvedeva a pagare i conti dei suoi fornitori.

«Per quanto riguarda gli esiti del colloquio, dobbiamo limitarci alle supposizioni, dato che a mezzogiorno il commissario Lucas e il giudice istruttore si sono allontanati in taxi rifiutandosi di rilasciare dichiarazioni.

«Miss Dora ha attraversato la hall di corsa e, senza prendere l'ascensore, è salita a chiudersi nella propria suite. Müller non è stato arrestato, ma pare che gli sia stato ingiunto di tenersi a disposizione della giustizia. Ad ogni modo, passando davanti all'albergo nelle prime ore del pomeriggio, abbiamo notato la presenza discreta di un ispettore della Polizia giudiziaria».

«E tu che ci fai qui?».

«Lo vede, agente. Non faccio proprio niente. E lei?».

«Cerca di toglierti dai piedi...».

Il Sorcio alzò le spalle con l'aria dell'uomo incompreso. Mai gli si sarebbero rivolti con un tono simile nell'VIII e nel IX arrondissement. E, soprattutto, mai gli avrebbero fatto una domanda così assurda.

Ma, per l'appunto, place Vendôme è nel I arrondissement, e il Sorcio, famoso tra l'Étoile e l'Opéra, fuori dal suo feudo non era che un anonimo barbone.

Era sabato? Probabile, data la quantità di pullman turistici. Davanti alla colonna Vendôme se ne fermarono tre in un'ora, stipati di inglesi che avevano acquistato un biglietto per un tour di Parigi nel fine settimana.

Un sole che spaccava le pietre! Del resto i giornali pubblicavano foto di gente in costume da bagno sulle rive della Senna, come fosse in spiaggia, sotto il titolo: *Parigi soffocata dall'afa.*

Di Lognon nemmeno l'ombra! Neppure il giorno prima, se è per questo. E dire che il Sorcio era andato apposta a dormire all'Opéra. Non incontrare l'ispettore Scorbutico era allarmante quanto vederlo troppo spesso.

Edgard Loëm... Müller... Miss Dora... Il Sorcio sapeva il pezzo a memoria. Aveva letto anche gli articoli degli altri giornali, e in confronto quello era di gran lunga il migliore.

Soprattutto gli sarebbe piaciuto vedere quel Müller con la riga in mezzo, ma Müller non usciva, e adesso, oltre a un ispettore della Polizia giudiziaria, c'erano due fotografi che andavano su e giù per rue de Castiglione, fingendo di interessarsi ora alle pellicce, ora ai quadri della galleria all'angolo.

Ad ogni modo, uno dei pullman fruttò tre franchi al Sorcio, oltre a qualche penny. A un certo punto, però, dovette allontanarsi, perché l'agente che aveva tenuto d'occhio le sue manovre a distanza stava arrivando di gran carriera.

Se solo fosse stato al posto di uno di loro!

Al posto di Lognon, che era potuto entrare all'ambasciata d'Inghilterra e aveva visto da vicino il famoso Archibald! Al posto del commissario Lucas, che aveva interrogato Müller e Miss Dora, e probabilmente aveva frugato tra le carte del finanziere! O anche al posto dei giornalisti, che potevano entrare all'Hôtel de Castiglione e fare domande al personale...

Lui non poteva nemmeno andare a ritirare, per le sue piccole spese, un po' di soldi dal portafogli che, in quel momento, veniva scarrozzato verso l'ippodromo di Auteil, infilato tra lo schienale e il sedile di un autobus!

Non poteva, senza correre un grosso rischio, andare a prendere da quel portafogli la busta che aveva commesso l'errore di non esaminare con maggiore attenzione!

... Sir Archibald Landsburry...

Che cosa c'entrava quello là nella faccenda? E perché *Sir* anziché *Lord*? E perché il cadavere era a due passi dall'ambasciata d'Inghilterra?

Quando vide per la quarta volta il poliziotto che lo teneva d'occhio venirgli incontro a gran passi, il vecchio ritenne più opportuno togliersi dai piedi. Era estenuante non avere un attimo di tranquillità. Gli venne quasi voglia di piantare tutto, visto che in ogni caso, di lì a un anno, avrebbe incassato i centocinquantamila franchi (a meno di un tracollo del dollaro) e si sarebbe potuto comprare la sua canonica abbandonata!

Sennonché, invece di andare a godersi il fresco all'ombra, su uno dei lungosenna, attraversò il Pont des Arts e, un quarto d'ora dopo, boulevard Saint-Germain.

Trascinava sempre la gamba sinistra. Non camminava veloce, ma, poiché non si fermava mai, ne faceva di strada.

Quando giunse a place Denfert aveva ancora un pensiero fisso: i tre biglietti del luna park e un nome che aveva sentito la mattina quando si era seduto sulla panchina di Parc Montsouris accanto a Lucile Boisvin.

Il bambino si era allontanato un po', scomparendo dietro un cespuglio. La madre lo aveva chiamato con un tono di voce tranquillo, senza smettere di lavorare ai ferri la lana verde, e senza nemmeno guardarsi intorno, come una chioccia abituata a richiamare la prole:

«Edgard!...».

Lì per lì il vecchio non ci aveva fatto caso. Ma dopo che, leggendo il giornale, aveva saputo che anche Loëm si chiamava Edgard...

Di sicuro anche Lognon sapeva che il bambino si chiamava Edgard. Lognon leggeva i giornali...

Bisognava scoprire l'inghippo! Il vero inghippo!

Nonostante tutte le precauzioni prese, era proprio una bella scalogna che...

Il vecchio percorreva il lato all'ombra di avenue du Parc Montsouris. Aveva voglia di farsi un goccetto, ma non osava per paura di imbattersi, da un momento all'altro, in Lognon e trovarsi a mal partito.

Restava il fatto che, anche a prescindere da Lognon, se lui, il Sorcio, non escogitava qualcosa...

D'accordo, i giornali del pomeriggio non avevano ancora pubblicato la fotografia di Loëm. Ma l'avrebbero fatto l'indomani! Pubblicavano sempre le foto delle persone scomparse, soprattutto in frangenti così misteriosi, soprattutto trattandosi di un finanziere...

Lucile Boisvin avrebbe riconosciuto Leroy, il commesso viaggiatore, che altri non era che quel mattacchione di Loëm...

E allora...

Allora, nonostante tutti i suoi accorgimenti, era fritto! Ecco quel che pensava! Ecco perché non si concedeva nemmeno un pernod, nemmeno un bicchiere di rosso.

Una settimana prima se ne sarebbe infischiato. Ma quando uno è, per così dire, proprietario di una canonica abbandonata nel proprio paesino, a Bischwiller-sur-Moder, dove un mucchio di gente lo avrebbe riconosciuto e sarebbe diventato qualcuno...

4
LA CONTABILITÀ SPICCIOLA DI UN GRANDE FINANZIERE

Domenica 27 giugno, alle cinque del pomeriggio, il commissario Lucas spalancò di colpo la porta della suite di Edgard Loëm con un'irruenza che tradiva la sua irritazione. Abbracciò con uno sguardo la parte della hall occupata dai giornalisti e, mentre le risate si spegnevano su tutte le labbra, pronunciò la fatidica frase:

«Mi sembra che lorsignori dimentichino che probabilmente in questa storia c'è un morto!...».

Mentre parlava, il suo sguardo si era infine posato sul vecchio Sorcio intento a gigioneggiare in mezzo al gruppo e che, per un istante, parve voler sprofondare, farsi piccolo piccolo, scomparire nella folla anonima.

Sempre con la mano sulla maniglia della porta dietro la quale si intravedeva il salottino del finanziere, il commissario fece dapprima il gesto di rientrare, poi chiamò con un cenno del capo l'ispettore che aveva lasciato nella hall.

Gli disse qualcosa sottovoce indicando il vecchio barbone. Sulle labbra gli si leggeva:

«Che cosa vuole quello là?».

E l'ispettore rispose:

«È un tipo strano, dice di avere una dichiarazione da farle...».

Il Sorcio non si perdeva un gesto, un'espressione del viso dei due uomini.

«D'accordo! Lo sentirò tra poco...» disse Lucas rientrando nella suite e chiudendo la porta.

Un attimo dopo, come scolari appena il maestro è uscito, i giornalisti circondarono il Sorcio, il quale, quasi fosse un pupazzo azionato da un pulsante, ridiventò il personaggio funambolico che li aveva divertiti per una mezz'ora, tanto da provocare l'intervento del commissario.

«Dài, continua la storia dell'ispettore Scorbutico...».

Con grande disappunto del direttore dell'Hôtel de Castiglione, alcuni fotografi salirono sui divani per immortalare il barbone.

Quella domenica mattina era successo esattamente quello che aveva previsto il Sorcio. Mentre la maggior parte dei parigini partiva per la campagna e le strade assumevano il placido aspetto domenicale, Lucile Boisvin aveva trovato, come al solito, davanti alla porta il giornale posato sulla bottiglia del latte. A quell'ora l'appartamento era così pieno di sole che sembrava di essere immersi in un pulviscolo dorato che sfumava i contorni degli oggetti.

Il bambino beveva una tazza di cioccolata con il tovagliolo annodato intorno al collo e le gambette che non toccavano terra.

Il giornale avrebbe potuto rimanere abbandonato su un tavolo fino a mezzogiorno, forse anche tutta la giornata. Per puro caso, invece, Lucile Boisvin lo aprì, soffocò un grido, si voltò verso il bambino che non si era accorto di niente, e corse in camera da letto per osservare più da vicino la fotografia che campeggiava in prima pagina.

«Il finanziere Edgard Loëm, misteriosamente scomparso».

Avevano trovato da dare alla stampa solo un ritratto di dieci anni prima. All'epoca Loëm portava ancora lunghi baffi biondi che gli conferivano l'aspetto di uno appena uscito dall'Esposizione Universale.

Lucile Boisvin riconobbe ugualmente il suo amante, Leroy. Dieci minuti dopo, già vestita, finiva di vestire il bambino e lo portava dalla portinaia, pregandola di badare a lui fino al suo ritorno.

Per la prima volta in tanti anni, alle dieci l'appartamento era ancora in disordine e, entrando dalle finestre rimaste aperte, la brezza gonfiava le tende come palloni.

Il commissario Lucas era ancora a casa quando l'ispettore di servizio al Quai des Orfèvres gli telefonò per comunicargli la notizia. Al suo arrivo in ufficio, alle dieci e mezzo, trovò nei corridoi della Polizia giudiziaria cinque o sei giornalisti.

A mezzogiorno un quotidiano pubblicava la fotografia della giovane donna con questo trafiletto:

«La signorina Lucile Boisvin riconosce ufficialmente il finanziere svizzero. L'uomo era il suo amante, ma con lei si spacciava per commesso viaggiatore.

«Oggi pomeriggio il commissario Lucas accompagnerà la signorina all'Hôtel de Castiglione per vedere se riconosce qualche capo di vestiario dello scomparso.

«Il signor Müller è tuttora nella sua suite. Ieri sera ha ricevuto uno dei più noti avvocati di Parigi, il quale, però, ha rifiutato di rilasciare dichiarazioni.

«Miss Dora, protagonista della scenata di ieri mattina, si sottrae alle visite a causa di un'indisposizione».

Il Sorcio aveva dormito al commissariato dell'Opéra. Dato che Lognon non si era fatto vivo, aveva chiesto a muso duro notizie dell'ispettore al brigadiere, il quale gli aveva detto la verità:

«È andato in ferie... Partirà probabilmente domani o dopodomani per il Cantal, dove passa le vacanze ogni anno...».

Per tutta la mattina, il Sorcio non aveva fatto altro che battere le chiese tra la Madeleine e Saint-Philippe-de-Roule. Aveva una vaga intenzione di andare all'ippodromo, nel pomeriggio, prendere il *suo* autobus e senza dare nell'occhio assicurarsi che il portafogli fosse ancora dove l'aveva lasciato. Ma aveva cambiato idea dopo aver visto in un'edicola il giornale di mezzogiorno.

Non avrebbe saputo dire che cosa avesse fatto fino alle tre del pomeriggio. Aveva camminato per le strade torride e deserte, immerso nei suoi pensieri, o meglio, cercando invano di farsi venire un'ispirazione.

Lui, che non aveva mai posseduto nulla, si scopriva a un tratto l'animo dell'avaro. Si riteneva il legittimo proprietario di quel tesoro depositato agli Oggetti smarriti. Era roba sua, sua proprietà, e l'idea che fosse in pericolo lo sconvolgeva al punto che il poveretto parlava da solo, strascicando la gamba lungo i marciapiedi.

Arrivò persino a pronunciare frasi inaudite del tipo: «... Non ci sarebbe più giustizia...».

Con il passare delle ore scrutava gli agenti per capire se avessero ricevuto istruzioni a suo riguardo.

Lucile Boisvin aveva di sicuro riferito al commissario della sua visita e di quella di Lognon.

Sogghignò al pensiero che, se ancora non era partito, Lognon non sarebbe andato in vacanza tanto presto. Fu lì lì per dirigersi verso place Constantin-Pecqueur, ma era troppo distante, cosicché, alle tre, arrivava in place Vendôme. Dopo aver ciondolato per un quarto d'ora intorno all'albergo si decise a spingere la porta girevole.

La prima scaramuccia la ebbe con il portiere, che voleva buttarlo fuori.

«Devo parlare con il commissario...» dichiarò. «Ho una cosa importante da dirgli...».

Ripeté la stessa cosa all'ispettore sopraggiunto per via

del trambusto, e questi lo fece salire al primo piano, dove c'erano i giornalisti ad aspettare nella hall.

Il Sorcio se la faceva sotto dalla paura. Proprio per questo ricominciò per l'ennesima volta a fare il buffone davanti a un pubblico compiacente, al quale le sue chiacchiere fornivano materiale per un pezzo di colore.

«Innanzitutto lasciate che vi spieghi perché abito un po' all'Opéra e un po' al Grand Palais...».

Uno scroscio di risate!

«Nel seminterrato, naturalmente. Cioè, in guardina... Conosco da anni quello che si potrebbe definire un mio nemico intimo, l'ispettore Lognon, che ho soprannominato l'ispettore Scorbutico... Mercoledì... No, giovedì, in un bar di rue Washington – frequento solo i quartieri alti, io! – ho trovato la fotografia di una donna e me ne sono subito innamorato...».

Si agitava, gesticolava, con la fronte madida di sudore, senza mai perdere di vista la porta dietro la quale c'erano il commissario Lucas e Lucile Boisvin.

Fu in quel momento, al culmine dell'ilarità generale, che quella porta si aprì e si sentì risuonare:

«Mi sembra che lorsignori dimentichino che *probabilmente* in questa storia c'è un morto!...».

Le penne si misero al lavoro. La frase venne trascritta parola per parola e tutti i giornalisti sottolinearono quel *probabilmente*, che era bastato a raggelare il sorriso al Sorcio.

Che cosa stava succedendo? Il vecchio tremava, e cercava di rincuorarsi dicendosi che quel tale era morto stecchito e che lui non poteva aver preso un simile granchio.

La sua immaginazione galoppava. Che cosa sarebbe successo se, di lì a poco, quando lo avrebbero fatto entrare nel salotto, si fosse trovato di fronte all'uomo dell'auto, vivo e vegeto, e questi, dopo averlo scrutato e riconosciuto, avesse detto:

«È lui!...».

«Continua, vecchio!...» lo incalzavano i giornalisti. «Abbassa la voce».

Aveva perso il filo, si passò una mano sulla fronte.
« Dov'ero rimasto? ».
« All'ispettore Scorbutico... ».
Con uno sforzo riprese il discorso, ma con sempre meno convinzione. Faceva una fatica tremenda a staccare lo sguardo da quella porta.

« Non si è mai chiesta perché il suo amico restava a casa con lei solo due o tre giorni al mese? ».
« Mi aveva detto che faceva la provincia... ».
« E a lei bastava come spiegazione? ».
Il commissario Lucas le rivolgeva le domande con benevolenza, sempre dando l'impressione di non attribuirvi un'eccessiva importanza! Nel salotto grigio, era seduto dietro un grande tavolo stile Impero, da dove dominava la prospettiva di place Vendôme e di rue de la Paix.
Lucile Boisvin, invece, invitata ad accomodarsi, stava seduta sull'estremo bordo di una poltrona. In quell'ambiente sembrava molto più popolana che nell'appartamento di avenue du Parc Montsouris. L'abito blu scuro aveva un'aria striminzita e lei, suo malgrado, l'atteggiamento umile di una postulante.
« Le chiedo se questa spiegazione le bastava, se non ha mai avuto dei sospetti ».
« No! » rispose scuotendo la testa. « Pensavo semplicemente che avesse una moglie da qualche parte. Una volta mi aveva detto che i protestanti non portano la fede... Però avrei dovuto capire che non era quello che diceva di essere... ».
« Perché? ».
« Non saprei... Ecco! Avevo notato che gli piaceva portare me e il bambino in posti non particolarmente eleganti... Del resto, credo che lo facesse di proposito... Sceglieva sempre i cinema di quartiere... Andavamo spesso al luna park, al Jardin des Plantes e a quasi tutte le mostre a porte de Versailles... ».

« E le sembrava strano? ».

« Non dico questo, no! Non so come spiegarlo. Allora non ci facevo caso, ma da stamattina mi tornano in mente certi particolari. Come dire? Ci provava gusto a fare tutte queste cose, ma non in modo naturale. Capisce? Invece gli piaceva togliersi la giacca appena rientravamo, infilarsi le pantofole e, in maniche di camicia, dedicarsi a qualche lavoretto di casa: piantava chiodi, cambiava la guarnizione al rubinetto, smontava il grammofono... Insisteva perché mangiassimo in cucina, diceva che era più intimo... ».

Ogni tanto le si gonfiavano le palpebre, e Lucas aspettava in silenzio. Lei tirava su con il naso, si asciugava gli occhi e riprendeva:

« Era l'uomo più buono del mondo... Adesso capisco che si comportava così per non umiliarmi, per mettersi al mio livello... L'argomento soldi saltava fuori spesso... Io non volevo che spendesse troppo... Gli dicevo, chessò, che in métro in seconda classe si viaggia altrettanto velocemente che in prima... Allora lui mi guardava intenerito... Ecco, questo avrebbe dovuto insospettirmi!... ».

« Quanto le passava al mese? ».

« Non c'era una somma fissa. Ho un conto aperto da ogni fornitore, e segno tutto su un taccuino. Quando arrivava, prendeva tutti i taccuini... Lo vedo ancora, in maniche di camicia, intento a fare i conti in sala da pranzo e depositare su ciascun taccuino la somma necessaria... Compreso l'affitto, gli costavo meno di duemila franchi al mese... Mi confeziono abiti e cappelli da sola... Fino all'anno scorso cucivo anche i vestiti per il bambino... Quando penso che ho tanto insistito perché gli aprisse un libretto di risparmio!... ».

« E l'ha fatto? ».

« Sì... Una volta, ho avuto anche paura che si arrabbiasse... Versava cento franchi al mese sul libretto... Di nascosto, facendo un po' di cresta sulle piccole spese, ogni tanto riuscivo a depositare qualcosa anch'io... Una mattina ha fatto il conto... Credevo che sarebbe andato su tutte le furie... Invece ha sorriso! ».

Non piangeva. Ma aveva le lacrime agli occhi, le guance accaldate.

« Perdoni la domanda, ma era la passione a legarlo a lei? ».

La donna capì al volo l'insinuazione del commissario. Il suo sorriso fu eloquente.

« Ma no, che cosa va mai a pensare! Era l'uomo meno vizioso del mondo... ».

Allora fu il commissario a sorridere per quella parola che tradiva all'improvviso il passato della giovane donna.

« Sa perfettamente che cosa facevo quando mi ha conosciuta. È stato dalle parti della Gare Saint-Lazare, una sera, verso le dieci. Io ero seduta in una brasserie e lui beveva una birra al tavolo vicino. Ho attaccato bottone, proponendogli di offrirmi la cena...

« Può anche non credermi, ma è rimasto tre settimane senza toccarmi. Per prima cosa ha voluto che andassi via dall'albergo, ed è stato allora che mi ha trovato quell'appartamento... ».

« Loëm non riceveva mai lettere a casa? ».

La donna scosse la testa.

« E visite? Non le parlava mai dei suoi amici, della sua famiglia? ».

« Soltanto del padre, morto due anni fa. Da quello che mi diceva, un protestante molto rigido... Credo che lo temesse... ».

« Poco fa mi ha detto di averlo visto per l'ultima volta mercoledì, alle cinque del pomeriggio, e che doveva tornare giovedì in giornata... ».

« Sì, me l'aveva promesso! Eravamo andati al luna park con il bambino. Ci ha lasciati all'entrata del métro di porte Maillot... ».

« Non ha detto dove andava? ».

« Non lo diceva mai ».

« E lei non glielo chiedeva? ».

Scosse la testa.

«Si vede che non lo conosceva. Non era il tipo di uomo a cui si fanno domande. E comunque, avrebbe fatto finta di non sentire».

«Come passava le serate quando era con lei?».

«Gliel'ho detto. Faceva qualche lavoretto, oppure aiutava mio figlio a classificare i francobolli che gli portava».

Il commissario si alzò. Non ne avrebbe cavato più nulla, ne era sicuro. Poco prima, quando Lucile Boisvin era entrata, sulle sedie c'erano ancora diversi abiti di Edgard Loëm che avevano preso dal suo armadio. Lei aveva riconosciuto due completi grigi molto sobri, tra cui quello che Leroy indossava al luna park mercoledì 23 giugno.

«Crede davvero che sia morto?» gli stava chiedendo la donna. «Quando sono venuti, l'uno dopo l'altro, a restituirmi la mia fotografia ho avuto un presentimento...».

Aveva già riferito delle due visite ricevute il giovedì e il venerdì, prima quella del Bruno, come chiamava Lognon, poi quella del Vecchio.

«Giuro che esisteva una sola copia di quella fotografia. Oltretutto avrei voluto stracciarla, dato che risaliva all'epoca che sa e mi risvegliava brutti ricordi...».

«Le chiedo di concedermi ancora qualche minuto!» disse Lucas dirigendosi verso la porta. Al sentire quel rumore, tutti i giornalisti si alzarono in piedi come un sol uomo.

«È colpa dell'ispettore...».

«L'ispettore Scorbutico, lo so!».

Per il Sorcio fu il quarto d'ora più penoso della sua vita. Sulle prime, con la solita faccia tosta, aveva fatto il gesto di sedersi in una delle poltrone Impero foderate di seta verde.

«In piedi!» gli aveva detto semplicemente Lucas.

Poi, continuando a fare il buffone, il Sorcio aveva afferrato un tagliacarte sulla scrivania, ma il commissario gliel'aveva subito strappato di mano.

« Dunque, giovedì alle tre... Sicuro che fossero le tre? ».

« Gliel'ho detto... Le tre o giù di lì... Nel baretto di rue Washington... Lo conosce sicuramente... Quello dove vanno a farsi un goccio gli autisti in livrea... ».

Per quanto sudasse, gesticolasse, snocciolasse tutto il suo repertorio di spiritosaggini e ricorresse alle mimiche più divertenti, non ci fu verso: l'altro lo riportava in continuazione a fatti, date, precisazioni di tempo e di luogo...

Mercoledì alla tale ora: la busta...

Giovedì: la foto...

Giovedì sera...

E così via. Furono interrotti solo da una telefonata. Il commissario andò nella stanza vicina a prendere la comunicazione e rispose all'apparecchio:

« Gli dica di venire immediatamente all'Hôtel de Castiglione. Sì, lo aspetto! ».

Poi il vecchio riprese:

« Vede, se sono andato in avenue du Parc Montsouris è perché ero preoccupato... Perché l'ispettore mi aveva sgraffignato la foto nottetempo? Dovevo restituirla, quella foto! È tutto quel che so... ».

Piazzato davanti a una delle finestre, Lucas lo lasciò parlare a ruota libera per quasi un altro quarto d'ora, infine si voltò, sembrò sorpreso di vedere il vecchio barbone ancora lì, e disse:

« Fila ».

« Non mi chiede dove può trovarmi nel caso avesse ancora bisogno di me? Sa, a volte, nel nostro ambiente, si vengono a sapere delle cose... ».

Ma la porta era già aperta. E, lì davanti, aspettava un Lognon funereo.

Il commissario diede ai due appena il tempo di incrociare lo sguardo e fece entrare l'ispettore mentre il vecchio si rimetteva in posa per i fotografi.

« Ha insistito, nel caso venissi a sapere qualcosa... Capite? Nel nostro ambiente, è un po' come nel vostro, signori giornalisti... Allora? L'avete visto l'ispettore Scorbutico?...».

Quando uscì, mezz'ora dopo, Lognon non vide il Sorcio, come invece si aspettava, e non sospettò minimamente che il vecchio, a forza di buffonate, era riuscito a intrufolarsi nelle cucine, dove stava facendo piangere dal ridere la servitù con le sue storie.

Lognon tornò a casa in métro. La sala da pranzo era ingombra di bagagli. Sua moglie se ne stava davanti alla finestra con il cappello in testa, e il figlio, vestito in ghingheri, non sapeva dove mettersi.

«Perderemo il treno...» disse la donna. «Com'è andata?».

«Non partiamo più».

La signora Lognon lasciò cadere le braccia, stizzita. Ventiquattr'ore passate a preparare tutto, a comprare il necessario, a fare i bagagli per andare in vacanza nel Cantal, per poi sentirsi dire, all'ultimo minuto...

«Oppure potresti partire tu con il bambino. Io ho da fare a Parigi...».

«Sempre per via di quel vecchio?».

«Lui e altri. Non posso dirti niente...».

Lognon aveva il massimo rispetto per il segreto professionale, e non lo violava neppure nell'intimità domestica.

«Spero almeno che non sia pericoloso...».

«Vai o resti?».

«Secondo te cos'è meglio?».

«Fa' come ti pare. Io riprendo servizio alle otto...».

Allora lei si spogliò, spogliò il bambino e, mentre disfaceva i bagagli, la cosa finì in una crisi di pianto.

«Scommetto che anche stavolta sei stato tu a fare lo zelante e a chiedere di restare... Tua moglie non conta niente!... Negalo, se hai il coraggio!...».

... Semisdraiata su una bergère, con indosso nient'altro che una leggera vestaglia, il mento appoggiato sulle mani e lo sguardo duro, Dora rispose categoricamente:

« No! ».

Il commissario Lucas era stato costretto a chiedere di essere ricevuto nella sua suite, dal momento che lei gli aveva fatto rispondere che era indisposta e non intendeva scendere.

Le stanze erano in disordine. Attraverso la porta aperta si scorgeva il letto, che conservava ancora l'impronta di un corpo, e c'erano ovunque mozziconi di sigarette alla rosa, vassoi coperti di bicchieri mezzo pieni, un carrello con i resti di un pranzo freddo e in ultimo, su un tavolino rotondo, un tubetto di aspirina.

« È sicura di non avere mai intrattenuto rapporti intimi con Edgard Loëm... ».

La donna alzò le spalle con aria infastidita.

« Mi scusi se insisto, ma il signor Müller insinua il contrario. In particolare, allude a un viaggio che lei avrebbe fatto di recente nel suo paese, a Budapest, in compagnia del signor Loëm... A cui Müller non ha partecipato... ».

« È stato un viaggio d'affari ».

« Può dirmi di che genere d'affari si trattava? ».

« Sono tenuta a rispondere? ».

« No! Ma quello che non ci dirà lei lo scopriremo dalle indagini... ».

« Sono andata a Budapest per presentare Loëm a mio padre ».

« A quale scopo? ».

« Per un grosso affare riguardante un acquisto di terreni del quale sono anch'io all'oscuro... Loëm si occupava di imprese di vario genere: fabbriche di aeroplani, industria pesante... Aveva persino rilevato il monopolio dei profumi in non so quale paese del Sudamerica... Le basta? ».

« Il colloquio tra suo padre e il signor Loëm ha avuto qualche sviluppo? ».

Di nuovo, lei rispose rabbiosamente:

«No!».
«Perché?».
«Perché non c'è stato nessun colloquio!».
«Ma Loëm è venuto a Budapest...».
«Sì!».
«E non ha incontrato suo padre?».
«Non l'ha incontrato perché aveva cambiato idea. È soddisfatto adesso?».
«Ancora una domanda: da quanto tempo lei è l'amante di Müller?».
La donna si alzò, tutta impettita, voltò le spalle al commissario e versandosi da bere puntualizzò:
«Ero la sua fidanzata».
Il commissario era talmente irritato da quell'atteggiamento che non poté impedirsi di borbottare:
«Forse in ungherese le due parole sono sinonimi? Sorvoliamo!... Dunque, da quanto tempo?».
«Un anno».
«Viveva in intimità con tutti e due...».
«Che cosa vuol dire? Che andavo a letto con entrambi?».
«Voglio dire che aveva libero accesso ai loro appartamenti, che discutevano di affari davanti a lei...».
«No!».
«Non si fidavano di lei?».
«Loëm non parlava di affari davanti a nessuno!».
«Perché, allora, ieri ha accusato Frédéric Müller di aver ucciso il suo principale?».
«Perché sì!».
«Sarebbe a dire?».
«Perché ne era capace!».
«Tutto qui?».
«Perché non poteva fare altrimenti. E adesso la avverto che non dirò più neanche una parola. Basta. Sono stanca. Non mi sento bene. Se insiste, prendo il telefono e mi lamento con il console...».
Aveva raggiunto lo stesso grado di agitazione del giorno prima, quando aveva fatto la scenata nella hall.

«Credevo che i francesi godessero di una certa reputazione in fatto di galanteria...».

«Le chiedo scusa» mormorò Lucas senza convinzione. «Quando si deciderà a parlare, chieda di me alla Polizia giudiziaria. A meno che non preferisca rivolgersi direttamente al giudice istruttore...».

«Non ho più niente da dire... Dato che Müller non è in arresto...».

Lucas si inchinò e si avviò verso l'uscita, indugiando per un attimo con la mano sulla maniglia, nella vana attesa di un ripensamento.

«Buona serata, Miss Dora...».

E lei, rabbiosa:

«Vada al diavolo!».

Invettiva a cui il suo accento conferiva un certo sapore.

«Vedrai domattina! Scommetto che la metteranno in prima pagina...».

Il Sorcio aveva chiesto asilo al commissariato dell'Opéra e, ben sapendo che erano tutti al corrente delle sue imprese, aveva fatto un'entrata in scena da star. Ma, avendo visto in un angolo la faccia triste di Lognon, aveva accorciato il suo numero.

«Buonasera, ispettore Scorbutico!» lo aveva comunque salutato passando.

Era coricato già da un'ora ma, nonostante i due litri di vino che si era scolato a fine giornata, non riusciva a prendere sonno. Di fronte, oltre le sbarre, scorgeva le gambe inguainate in calze di seta chiara di una prostituta che dormiva seduta, appoggiata al muro, con la testa ciondoloni.

Per fortuna gli portarono un compagno, un polacco che aveva già incontrato altre volte, il quale si mise subito a vomitare l'anima.

«Non mi riconosci? No? Allora, caro mio, vuol dire che non sei del quartiere... Il Sorcio!... Il vecchio Sorcio, come mi chiamano i giornalisti... Vedrai domani... Ci sarà la mia foto in prima pagina su tutti i giornali...».

Il polacco era davvero uno straccio e lo guardava con occhio spento. Oltretutto, forse non capiva molto bene il francese.

«Quel furbone del commissario credeva di farmi fesso... "Mi scusi" gli ho detto. "Tanto per cominciare, io non le do del tu"...».

In genere finiva per credere lui stesso a quel che raccontava. Stavolta, però, il commissario Lucas era stato davvero un osso duro. Il Sorcio allora si sdraiò di nuovo brontolando:

«Sei troppo stupido, va'! Con te è tutto fiato sprecato...».

Gli avevano rimesso tra i piedi Lognon per soffiargli la canonica. Ma ancora non sapevano di che cosa era capace. Per la verità, non lo sapeva nemmeno lui, ma qualcosa avrebbe escogitato, ed entro quella notte stessa. Altrimenti era condannato per sempre a una vita da barbone!

«Sposta la testa, salame! Fammi stendere le gambe!».

E nel momento in cui sprofondava nel sonno, prima di quanto pensasse, gli tornò in mente una parola, come una bolla d'aria che affiora alla superficie.

«Archibald...».

Che diamine c'entrava Archibald in quella faccenda?

5
MARTIN OOSTING, DI BASILEA

Lunedì 28 giugno. Le scuole erano state chiuse per via del caldo. In pieno centro di Parigi si vedevano girare uomini con il colletto della camicia sbottonato e la giacca sul braccio. I tavolini all'aperto dei caffè aumentavano, occupando sempre più spazio, e ovunque regnava la particolare eccitazione delle giornate fuori dell'ordinario.

Mai e poi mai Lognon si sarebbe sfilato il colletto, oltretutto inamidato, che abbinava ai polsini arrotondati. Indossava come sempre il completo marrone, il cappello marrone, e si era munito di due fazzoletti per asciugarsi il sudore.

Quel giorno tutta Parigi era incline a non prendere nulla sul serio, e tutti si erano voltati al passaggio di una donna che se ne andava in giro in tenuta da spiaggia, subito immortalata dai fotoreporter.

Negli uffici si lavorava a rilento, e per strada gli agenti applicavano il regolamento con l'indolenza dettata dalle circostanze.

Lognon, invece, non perdeva un briciolo della sua consueta serietà. Per due ore buone il Sorcio aveva inutilmente tentato di farlo sorridere.

L'ispettore doveva aver preso alla lettera quel che gli aveva detto il commissario Lucas:

«Potrebbe esserci sotto qualcosa... Stia addosso a quell'uomo...».

Fatto sta che Lognon gli si era messo alle costole nel vero senso della parola. Aveva passato la notte al commissariato dell'Opéra, e sin dal mattino aveva tallonato il vecchio a meno di tre metri di distanza, e quando quello si era fermato non aveva battuto ciglio.

«Dica un po', ispettore... Non le pare che sembriamo due scemi a seguirci così senza aprire bocca?... Se vuole possiamo fare la strada insieme... Oltretutto sarà più divertente...».

Lognon si era limitato a girare la testa dall'altra parte, restandosene impalato in mezzo al marciapiede come se nessuno gli avesse rivolto la parola.

«E va bene!... Come preferisce!... Lo dicevo sia per lei che per me... Si dice che una volta i gran signori avessero un lacchè al seguito...».

Il Sorcio schiumava di rabbia! Non sapeva dove andare né cosa fare. Cercò di spossare l'ispettore con gli andirivieni più estrosi, mettendosi a correre di colpo, ciondolando per un quarto d'ora nello stesso posto per poi ripartire al rallentatore ed entrare all'improvviso in un negozio.

E Lognon dietro, sempre più di malumore, anche perché aveva finito le sigarette e non osava interrompere il pedinamento per fare un salto in tabaccheria.

Già alle dieci del mattino sui boulevard circolavano uomini con un fazzoletto sotto il cappello per assorbire il sudore.

A mezzogiorno un giornale pubblicò poche righe apparentemente anodine:

La scomparsa del finanziere svizzero

Niente titoloni stavolta. Niente sommari né fotografie.

«Martin Oosting, vicepresidente della C.M.B., più nota con il nome di Gruppo di Basilea, di cui è presidente

Edgard Loëm, è atterrato stamattina a Parigi e ha preso alloggio in un grande albergo di rue de Rivoli, dove ha subito intrattenuto una serie di colloqui. Tra gli altri, ha incontrato il rappresentante diplomatico svizzero a Parigi e un alto funzionario del ministero degli Interni.

«Alle undici ha ricevuto la visita del commissario Lucas e riteniamo che la sua deposizione sia stata di considerevole importanza.

«In effetti sembrerebbe esserci stata un'eccessiva fretta nell'apertura di un'inchiesta, cui è seguita una pubblicità indesiderata a fatti per i quali esiste una spiegazione del tutto naturale.

«Secondo Martin Oosting non c'è ragione di preoccuparsi per la scomparsa di Edgard Loëm, poiché capita con una certa frequenza che il finanziere, amante della tranquillità, passi qualche giorno in un albergo di campagna per riposarsi.

«Stando così le cose, è molto probabile che Loëm non abbia letto i giornali degli ultimi giorni in merito alla notizia della sua scomparsa».

Punto e basta! Niente su Müller, Miss Dora o Lucile Boisvin e tantomeno sul celebre Sorcio, la cui fotografia compariva su tutti i giornali del mattino insieme alle sue dichiarazioni farneticanti.

Martin Oosting aveva mosso le alte sfere. Era un uomo dai capelli grigi a spazzola, i vestiti scuri che gli ballavano sul corpo massiccio e grasso. Fumava dalla mattina alla sera enormi sigari, senza preoccuparsi minimamente se il fumo andava ad avvolgere il viso dei suoi interlocutori.

Se mai in vita sua aveva riso, doveva essere successo in un'epoca remota, risalente all'infanzia. Ogniqualvolta faceva il suo ingresso da qualche parte, con lo sguardo corrucciato, il parquet che scricchiolava sotto il suo passo pesante, era impossibile non rendersi conto immediatamente che era entrato in scena il personaggio principale.

All'Hôtel du Louvre lo avevano capito al volo quando, appena sceso dal taxi, senza dire una parola, con un gesto perentorio, quasi minaccioso, aveva impedito al portiere di prendergli la valigetta che stringeva in mano.

Era andato dritto alla reception e, dall'alto della sua mole, si era rivolto a un giovanotto in tight grugnendo:

« Martin Oosting! ».

Naturalmente si era fatto riservare una suite. C'era già una pila di telegrammi ad aspettarlo. Li aprì in piedi, con un colpo d'unghia: mentre li leggeva, sembrava schiacciare le parole sulla carta con lo sguardo.

Nemmeno dieci minuti dopo il suo arrivo un'auto con lo stemma del corpo diplomatico si fermava davanti all'albergo per portarlo dal console svizzero.

Quest'ultimo fece una telefonata al ministero degli Interni davanti al finanziere, praticamente sotto dettatura, prima di accompagnarlo in place Beauvau.

Al ministero cominciò una frenetica girandola di telefonate. Fu avvertito il questore, il quale telefonò al capo della Polizia giudiziaria. Dalla Questura la comunicazione venne inoltrata al gabinetto del giudice istruttore, e intanto Martin Oosting, corpacciuto, elefantiaco, occupava una poltrona fumando il sigaro.

Alle undici era tutto finito. Ci si era dovuti arrendere all'evidenza. Le autorità francesi erano state costrette ad ammettere di aver agito in modo avventato e tutti si erano scusati, scaricando la responsabilità dell'incresciosa faccenda sulle spalle del commissario Lucas.

Oosting non aveva più bisogno del console, ma si fece comunque riaccompagnare all'albergo con l'auto diplomatica. Ricevette Lucas nella sala che in genere veniva riservata ai consigli di amministrazione, con dodici calamai e dodici sottomano allineati su un panno verde.

« È lei incaricato di prendere una dichiarazione ufficiale? Scriva... ».

Fece segno al commissario di sedersi davanti a uno dei sottomano e si mise a passeggiare su e giù per la sala facendo tremare il lampadario della stanza al piano di sotto. Ogni tanto si fermava a leggere da sopra la spalla del poliziotto:

«... che niente nel carattere di Edgard Loëm, presidente della C.M.B., e tantomeno nella sua condotta precedente o nello stato dei suoi affari, lascia supporre che sia stato coinvolto in una qualche disgrazia...

«... che la preoccupazione manifestata dal suo subalterno, il signor Frédéric Müller, è del tutto priva di fondamento...».

Ripeté due volte la parola «subalterno», scandendo le sillabe.

«... che riteniamo incresciosa l'indecente pubblicità data a certi particolari intimi, per giunta non comprovati...».

Dietro quelle parole si vedeva delinearsi l'enorme costruzione gotica della C.M.B. in cui, da due secoli, uomini massicci quanto Oosting e i mobili intarsiati dell'arredamento si riunivano nella sala del consiglio dal pavimento di marmo a scacchi bianchi e neri e, senza fare rumore, in un mormorio quasi religioso, come in una cattedrale, trattavano affari colossali.

«Mi fermerò a Parigi per alcuni giorni. Siamo intesi con il ministero che, nel caso veniste a sapere qualcosa, in un modo o nell'altro provvederete a informarmi immediatamente. È tutto!».

Alle undici e mezzo Lucas entrava nell'ufficio del capo della Polizia giudiziaria. A mezzogiorno, quest'ultimo veniva ricevuto dal questore. Alle due, un comunicato annunciava alla stampa che l'indagine era ufficialmente archiviata.

Ciò nondimeno, le istruzioni date al commissario Lucas dicevano di «seguire la faccenda con discrezione».

Intanto Lognon, il quale gravitava lontano da quelle sfere inaccessibili, continuava, eroico e caparbio, a seguire il Sorcio che, morto di stanchezza, alla fine si lasciò cadere su una panchina delle Tuileries.

Oosting, sempre in piedi, con le mani affondate nelle tasche dei pantaloni troppo larghi, sovrastava Müller di tutta la testa.

I due uomini si erano chiusi nella suite di Loëm, e Martin Oosting aveva posato sul tavolo, con ostentazione, un fascicolo con il nome di Müller scritto sopra.

«La ascolto!».

Forse ascoltava o forse no. Difficile dirlo. Fumava. Andava a piazzarsi davanti alla finestra. Tornava verso il tavolo stile Impero e consultava un foglio della pratica.

«Mercoledì 23 giugno» recitava Müller con voce monotona «il signor Loëm si è assentato per l'intero pomeriggio. È rientrato verso le sei e ha ricevuto due telefonate, alle quali, in via eccezionale, ha voluto rispondere di persona. Gli ho passato io la comunicazione in camera, dato che era occupato a cambiarsi d'abito per la sera».

«Che cos'ha sentito?» domandò Oosting.

Nel frattempo, aveva aperto la porta dello studio vicino e si era messo ad armeggiare sul quadro del centralino per accertarsi che Müller avesse potuto ascoltare la conversazione.

Il procuratore commerciale accettò senza scomporsi la supposizione di Oosting.

«La prima volta, un certo John gli comunicava semplicemente che l'appuntamento era al palco numero 16 dell'Opéra».

Era una serata di gala: questo spiegava perché il finanziere era in frac.

«La seconda telefonata, alle otto meno dieci, proveniva dalla stessa persona...».

«Uomo o donna?».

«Uomo... Sempre quel John... Diceva che non poteva incontrarlo all'Opéra, ma che lo avrebbe aspettato all'angolo di rue de Berri...».

«A che ora?».

«Ho pensato chc fosse per le nove, come per l'appuntamento all'Opéra...».

In quel momento, a veder giocherellare Oosting con

la catenella dell'orologio, era impossibile indovinare che cosa gli passasse per la testa. Può darsi che credesse a tutto quello che Müller gli raccontava, ma può anche darsi che non credesse a una sola parola.

« E poi? ».

« Siccome ero nell'atrio quando il signor Loëm è uscito, mi ha offerto un passaggio fino alla Madeleine ».

« E non le è venuta la curiosità di andare a gettare un'occhiata all'angolo di rue de Berri? ».

« No ».

« Sì, invece! ».

« In effetti sì... Ma devo essere arrivato troppo tardi... Non ho visto nessuno... ».

Sempre in piedi, Martin Oosting finse di esaminare alcuni documenti dell'incartamento dai quali si ricavava che Müller, appartenente alla piccola borghesia di Friburgo, si era laureato in Legge in quella città per poi entrare alla C.M.B. come impiegato nell'ufficio legale.

Per cinque anni, solo banali note di servizio, regolari scatti di stipendio, le osservazioni dei suoi superiori.

Poi, all'improvviso, Edgard Loëm se lo porta dietro a Parigi per concludere un affare e lo tiene con sé, prima come segretario personale, poi nella funzione di procuratore commerciale per gli affari francesi.

Oosting non faceva commenti. Masticando il sigaro, squadrava dalla testa ai piedi l'azzimato giovanotto con i capelli impomatati e la cravatta troppo stretta: si sarebbe detto che quei semplici rapporti avessero per lui un significato nascosto, che gli fossero sufficienti per ricostruire un'intera tragedia.

« Quando è venuto a sapere di quella donna? ».

« Miss Dora? ».

« No, l'altra! È stato *prima* o *dopo*? ».

Müller doveva aver capito perché si affrettò a rispondere:

« *Dopo!* ».

Ma era evidente che mentiva, aveva perso la sicurezza di poco prima.

«E Miss Dora?».
«È la mia fidanzata...».
«Mi auguro che abbia già lasciato Parigi...».
«Mi ha promesso che partirà stasera... Forse farei meglio ad accompagnarla...».
«No!» tagliò corto Oosting chiudendo l'incartamento con un gesto secco. «C'è una dattilografa?».
«È nel suo ufficio».
«La chiami... E ci lasci soli...».
Dettò una sfilza di telegrammi cifrati, dopodiché si fece passare al telefono Bruxelles e Amsterdam. Alle sei di sera la sala era azzurrognola di fumo e, malgrado tutti quei sigari, Martin Oosting non aveva bevuto nemmeno un bicchier d'acqua.

L'ispettore Joly, della Polizia giudiziaria, avvertì con discrezione il commissario Lucas che Miss Dora era andata alla Gare du Nord, accompagnata da Müller, ed era salita sul rapido per Berlino munita di un biglietto per quella destinazione.
«Lasciala perdere!...» rispose Lucas all'altro capo del filo. «Segui Müller...».
L'ispettore Scorbutico, da parte sua, era sempre più lontano da tutto. Il Sorcio, forse per vendicarsi, l'aveva trascinato lungo le rive della Senna fino alla chiusa di Charenton.
Con il passare delle ore il cielo diventava più opprimente e c'era aria di temporale. Lognon si chiedeva come facesse il vecchio alsaziano a macinare chilometri su chilometri, senza sosta, con quella andatura zoppicante.
Avevano pranzato entrambi in una bettola da marinai su quai de Bercy. Il Sorcio, che aveva in tasca pochi spiccioli, si era accontentato, come al solito, di pane, salame e vino rosso.
Alle tre del pomeriggio il vecchio vagabondo arrivò alla chiusa che permette il passaggio delle imbarcazioni dalla Senna alla Marna e là, in mezzo ad altre cinquecen-

to persone che facevano lo stesso, si sdraiò sul prato spelacchiato della riva, si sistemò la giacca arrotolata sotto la testa, si coprì la faccia con la bombetta e si addormentò.

Lognon fu tentato di approfittarne per entrare nel bistrot più vicino e telefonare al commissario Lucas, dato che, in quella circostanza, si considerava ai suoi ordini. Ma, temendo che il sonnellino del vecchio fosse un trucco, restò seduto sul prato, dopo averci steso sopra un fazzoletto per non sporcarsi i pantaloni.

Un gruppo di ragazzini faceva il bagno. I più piccoli erano addirittura nudi e, se fosse stato nella sua giurisdizione, l'ispettore li avrebbe costretti a rivestirsi. Una cinquantina di chiatte erano in sosta, mentre altre si infilavano a fatica nella chiusa che sembrava troppo stretta per le loro pance obese.

Verso le cinque il vecchio si mosse. Il cappello gli scivolò via dalla faccia e lui, sollevandosi con uno sforzo, si guardò intorno. Rendendosi conto di essere in pieno sole, si trascinò due metri più in là, lanciando a Lognon uno sguardo contrariato.

Quello scherzo non lo divertiva più! Era il primo a esserne stufo, e cominciava ad aver paura. Perciò fece una linguaccia poco convinta all'ispettore, senza provocare la minima reazione da parte sua.

Per prima cosa, il Sorcio decise di farsi un goccetto, nonostante il mal di testa causato dall'aver dormito al sole. Bevve il solito vino rosso, mentre il suo pedinatore se ne stava piantato sul bordo del marciapiede. Sul bancone c'era un giornale abbandonato e il vecchio chiese:

«Posso prenderlo?».

«Prego...».

«Porto via anche il resto del litro...» annunciò. «Quant'è?».

Tornò sulla sponda erbosa lungo il canale. Alle sei, l'ora della chiusura di fabbriche e uffici, non restava praticamente un posto libero. Dalle chiatte si tuffavano dei nuotatori sollevando schizzi d'acqua.

Il vecchio lesse il giornale senza far caso alla data. Leggeva tutto quello che gli capitava sott'occhio: una storia di frodi fiscali, un articolo sulla tubercolosi infantile, pubblicità, tra cui quella di un cinto erniario che trovò particolarmente interessante, visto che soffriva di ernia.

Ogni tanto prendeva un sorso di vino lanciando uno sguardo a Lognon, che, senza darlo a vedere, puntava una giovane bagnante formosa, alla quale continuava a scivolare una spallina del costume.

«Vendesi auto d'occasione...».

«Guadagnate seicento franchi al mese senza lasciare il vostro lavoro...».

Poi, di colpo, mentre scorreva gli annunci economici, il Sorcio notò questo trafiletto:

«Archibald. Acc. vantag. q. g. ore 20, di fronte Fouquet's. "New York Herald" in mano. Max discr.».

Dapprima si accigliò, sforzandosi di decifrare le abbreviazioni. Alla fine riuscì a tradurre:

«Archibald. Accordo vantaggioso. Presentarsi qualsiasi giorno alle 20, di fronte al Fouquet's con il "New York Herald" in mano. Massima discrezione».

Gettò un'altra occhiata a Lognon, che non gli prestava attenzione, posò il giornale sul prato e si mise a riflettere.

Naturalmente poteva sbagliarsi, eppure avrebbe giurato che l'Archibald in questione era proprio lui. D'un tratto, avvertì un formicolio alle gambe, un bisogno di camminare, di muoversi. Sbirciò in direzione di Lognon meditando di seminarlo alla prima occasione.

Si era forse sbagliato a pensare che ci fosse qualcuno nell'auto, dietro il morto? In auto o nei paraggi, non aveva importanza. Il fatto è che lo avevano visto aprire la portiera e probabilmente raccogliere il portafogli.

L'assassino. O gli assassini. E adesso avevano paura di lui! Intendevano forse recuperare i dollari? Comunque fosse, si erano serviti della rubrica degli annunci sul giornale per avvertirlo.

Come fare per attirare la sua attenzione senza insospettire la polizia?

Tramite Archibald, perbacco! Quel nome scritto sulla busta e non troppo comune!

Il Sorcio si alzò, chiese l'ora a un vicino e, saputo che erano già le sei e mezzo, si avviò in tutta fretta alla fermata dell'autobus. Stavolta guardò Lognon, che aspettava anche lui, con stizza, addirittura con rabbia.

Per giunta, lo colpì un pensiero improvviso che complicava le cose.

Come faceva l'assassino, o gli assassini, pur non essendo mai stati in possesso del portafogli, a conoscere il nome di Archibald?

Che sapessero che il morto aveva in tasca quella busta?

E dire che lui non l'aveva nemmeno guardata quando l'aveva avuta in mano! Gli era sembrata priva di interesse: una vecchia busta vuota, tutto lì. E adesso era impossibile andare a recuperarla nell'autobus senza che quel Lognon...

Erano tutti e due in piedi sulla piattaforma del tram che tornava a Parigi costeggiando il lungofiume.

« Senta un po', Lognon!... ».

L'altro lo guardò impassibile.

« Non le pare che sembriamo due idioti? Oltretutto ha mangiato da schifo! E cenerà anche peggio se mi gira di camminare per i campi fino a notte fonda... ».

Lognon taceva.

« Che ne direbbe di concederci una tregua? La lascerei andare tranquillamente a cena da sua moglie e potremmo ritrovarci alle nove, diciamo, di fronte al commissariato dell'Opéra... ».

Poco mancò che si mettesse a pestare i piedi per la rabbia. Lognon non parlava, lo fissava con uno sguardo vacuo, come se il vecchio fosse stato trasparente e l'ispettore contemplasse l'asfalto che scorreva lungo il fianco del tram.

«Al diavolo!» borbottò il Sorcio.

Scese al Louvre, dato che il tram non proseguiva oltre. Erano le sette e dieci. Decise di provare a seminare l'ispettore nella metropolitana e fece per dirigersi verso la stazione, ma Lognon lo prese in contropiede e saltò sulla piattaforma di un autobus in corsa.

«Questa poi...».

Cinque minuti prima il Sorcio inveiva per la presenza dell'ispettore Scorbutico, e adesso brontolava per quell'inspiegabile fuga.

Che cosa mai poteva essere successo per...?

Tutte le finestre di Parigi erano spalancate. La serata era afosa quanto lo era stata la giornata: c'era da sperare che durante la notte scoppiasse un temporale.

Il Sorcio si fermò davanti a un'edicola di rue de Rivoli e, dopo un attimo di esitazione, chiese alla giornalaia:

«Ha ancora qualche giornale di ieri e dell'altro ieri?».

«Adesso guardo...».

Ce n'erano due. Il Sorcio li aprì alla pagina degli annunci e scovò il trafiletto destinato ad Archibald. Chissà, forse avevano cominciato a pubblicare l'annuncio da giovedì, dal giorno successivo alla morte di Loëm?

«Mi dia il "New York Herald"».

Stavolta la giornalaia lo guardò stupita, poi alzò le spalle e gli porse ugualmente la testata americana, un giornale di trentasei pagine che il Sorcio fece fatica a ficcarsi in tasca.

Adesso non stava più in sé dall'impazienza. Dall'impazienza e dall'ansia. Gli sembrava che quella sera, alle otto precise, davanti ai tavolini del Fouquet's in avenue des Champs-Élysées, si sarebbe deciso il futuro della sua canonica.

Per ironia della sorte, dopo aver comprato il «New York Herald», il Sorcio si ritrovò con trenta centesimi in tasca, troppo pochi per pagarsi qualunque mezzo di trasporto.

Alcuni passanti si voltarono a guardare quel vecchietto che affrettava il passo, tutto sudato, e respirava affannosamente, con l'aria di avere chissà quale impegno pressante.

«Archibald...».

Per farsi coraggio ripeteva quelle tre sillabe, borbottando come fosse una minaccia:

«Gliela faccio vedere io!... Se credono di farmi fesso...».

Sogghignava ripensando al commisario Lucas, che si era mostrato così duro e sprezzante nei suoi confronti, a Lognon, che pensava di fregarlo, a tutti gli altri, ai giornalisti, agli ispettori della Polizia giudiziaria, a tutti quelli che cercavano l'assassino di Edgard Loëm...

E intanto lui, il Sorcio, arrivava a place de la Concorde, attraversava la piazza schivando i taxi, risaliva di corsa gli Champs-Élysées... Lui, il Sorcio, alle otto precise, si sarebbe trovato di fronte agli assassini!...

Non sapeva ancora che cosa avrebbe fatto. Ad ogni buon conto, si assicurò prudentemente che il giornale americano non gli sporgesse dalla tasca. Così avrebbe avuto il tempo di stare a vedere cosa succedeva e farsi avanti solo con cognizione di causa, oppure non mostrarsi affatto...

Le otto meno dieci... Vedeva l'ora all'orologio della Tour Eiffel, illuminata nonostante non facesse ancora buio. Tra il fogliame degli alberi si acquattavano ombre bluastre. C'era gente ovunque: tantissime coppie di innamorati, famigliole con bambini tenuti per mano e i più piccoli in braccio.

Le otto meno cinque...

Un pensiero balzano lo fece ridere, malgrado la stanchezza: e se si fosse presentato anche l'ambasciatore d'Inghilterra? In fin dei conti si chiamava così!

«Riservato.

«Il telegramma ricevuto dalla polizia di Budapest in risposta a una richiesta di informazioni conferma che l'avvocato Staori, padre di Dora Staori, si trova da tempo in cattive acque...».

Lucas lavorava in totale solitudine nel suo ufficio, dal quale si vedevano place Saint-Michel e la riva sinistra della Senna. Alzò la cornetta del telefono e rimase un attimo in ascolto.

«Esatto...» disse alla fine. «In effetti, non c'è niente che faccia pensare a una disgrazia... Ma sì!... Meglio essere ottimisti... Glielo garantisco!...».

All'altro capo del filo, Lucile Boisvin gli chiedeva notizie. Sui giornali della sera aveva letto la dichiarazione di Oosting, il quale smentiva categoricamente l'ipotesi di un omicidio o un suicidio.

Dopo aver riattaccato Lucas scrollò le spalle, prese una sorsata di birra e si rimise al lavoro:

«... per via del suo tenore di vita. Staori, infatti, uomo di intelligenza brillante ma privo di un patrimonio personale, conduce una vita da gran signore e tutti gli inverni dà feste sontuose. Tre anni fa ha rischiato di farsi travolgere da uno scandalo finanziario. Assillato dai creditori, da qualche mese si tiene a galla solo grazie alla fiducia che ispira il Gruppo di Basilea, di cui fa parte il futuro genero Frédéric Müller.

«Ha messo in piedi un grosso affare immobiliare nel quale il gruppo deve investire cospicui capitali».

Lucas appuntò sotto, con una grafia più minuta:

«Nota: pare che Müller, dopo aver conosciuto Dora Staori, probabilmente in occasione di un viaggio a Budapest, abbia cominciato a sbandierare la propria posizione alla C.M.B. Pare altresì che abbia ottenuto che Loëm si recasse a Budapest per valutare l'affare. Sembra tuttavia che nella capitale ungherese, dove pure era giunto in compagnia della ragazza, il finanziere svizzero abbia ricevuto pessime informazioni su Staori, tanto da rifiutarsi di incontrarlo.

« Da rilevare che Martin Oosting tratta Müller come un subalterno, mentre pare che Loëm, al contrario, ne subisse spesso l'influenza.

« Con tutta la discrezione del caso, occorre verificare se l'ascendente di Müller su Loëm non si dovesse al fatto che Müller era a conoscenza della relazione del suo principale con un'ex prostituta, dalla quale, per di più, ha avuto un figlio.

« La mentalità degli uomini del gruppo di Basilea, come mette ben in luce la personalità di Martin Oosting, rende plausibile tale ipotesi e ciò spiegherebbe molte cose ».

A questo punto il commissario Lucas, che non era andato abbastanza a fondo nell'interrogatorio del Sorcio, si allontanò dal seminato, poiché aggiunse:

« Compresa una possibile fuga di Loëm, stanco di essere ricattato ».

Non si trattava di un rapporto ufficiale, ma di una semplice nota volante destinata al questore, il quale ne avrebbe fatto quello che riteneva meglio.

Dopodiché Lucas finì di bere la sua birra, si asciugò la bocca, prese il cappello e tornò a casa in autobus.

Parigi più è chic, più tardi cena, e quando il Sorcio arrivò all'altezza del Fouquet's, all'angolo tra gli Champs-Élysées e avenue George V, c'erano ancora duecento persone sedute ai tavolini all'aperto, molte delle quali avevano al collo il binocolo usato nel pomeriggio all'ippodromo di Maisons-Laffitte.

L'alsaziano, col fiato corto, restò un po' sconcertato da quella folla e preferì sondare il terreno prima di tirare fuori il « New York Herald ».

«Chiedo scusa, signori... Non avreste due franchi da darmi per bere un bicchiere alla vostra salute?...».

Era il sistema migliore, l'unico a sua disposizione per osservare da vicino tutta quella gente, tanto più che non si vedeva l'ombra di un poliziotto.

Zoppicava. Si infilava tra i tavolini, evitando i camerieri – peggio degli sbirri, in locali di quel genere –, ma stentava a sorridere per via del respiro affannoso.

«Alla sua salute, mio principe... Scommetto che le avanza qualche moneta in tasca... Non c'è niente di peggio per sformare gli abiti...».

Insomma, i soliti vecchi trucchi! Far ridere la gente anziché impietosirla!

«A saperlo che andava a Maisons-Laffitte, le avrei suggerito il cavallo vincente della "terza": io e il fantino siamo gemelli siamesi...».

C'erano sei file di tavolini, più quelli sull'altro lato, in avenue George V. Molte donne. Qualche tavolino occupato soltanto da uomini, ma nessuno che facesse pensare ad Archibald. Il Sorcio si rivolse in tedesco a un gruppo di tedeschi e racimolò due franchi in un colpo solo.

Arrivato all'angolo, un'apparizione improvvisa gli fece venir voglia di sprofondare sotto terra: Lognon! Proprio lui! L'ispettore Scorbutico con il suo completo marrone, i polsini arrotondati, il colletto inamidato!

Che però non si era nemmeno accorto del Sorcio, assorto com'era nella lettura del «New York Herald».

Aveva risposto lui all'inserzione!

A meno che...

No! Non poteva esser stato lui a prendere l'iniziativa di farla pubblicare, non era abbastanza intelligente. Prova ne fu che, non appena scorse il vecchio, Lognon cercò senza successo di nascondersi dietro il giornale. Rassegnatosi, chiamò il cameriere e pagò il suo curaçao al mandarino.

Erano le otto e dieci. Nonostante l'ostentazione con cui l'ispettore spiegava il giornale americano, nessuno gli aveva rivolto la parola.

Il Sorcio lo raggiunse a dieci metri dai tavolini.

« Non sapevo che conoscesse l'inglese! » si concesse il perfido piacere di canzonarlo.

« E tu che ci fai da queste parti? ».

« L'avrà visto, no?, curo i miei affari... Undici franchi e cinquanta in pochi minuti... ».

E mostrò una manciata di monete, stando bene attento a non far vedere il giornale che gli gonfiava la tasca.

6
I DUE ERRORI DELL'ISPETTORE LOGNON

Lognon non era solo di cattivo umore, ma ce l'aveva anche con se stesso. Quella mattina sua moglie aveva recriminato, come al solito:

«... È colpa tua! Che bisogno c'è di farsi sempre avanti?... Tanto più che, quando arriva davvero il momento di togliere le castagne dal fuoco e spartirsele, tu non ci sei mai...».

Era mezzanotte e stava quindi tornando a casa, senza minimamente sospettare che nella stessa sera aveva commesso ben due errori, uno dei quali l'avrebbe scontato subito.

Il primo era stato di non perquisire il Sorcio. Da diversi giorni, per ordine dello stesso Lognon, il vecchio barbone non poteva metter piede in un commissariato senza venire frugato dalla testa ai piedi.

L'ispettore aveva passato un'intera, frustrante giornata a starsene incollato all'alsaziano. Lo aveva mollato solo per un'ora, il tempo di andare al Fouquet's, come aveva fatto anche il giorno prima, per cercare di individuare gli autori dell'inserzione.

Là aveva incontrato il Sorcio, come per caso, e non gli era venuto in mente di perquisirlo.

E non si era nemmeno trattato di una negligenza. Prostrato dal caldo, dalla stanchezza, dalla noia, Lognon cominciava a non poterne più di quella fissazione e stava quasi per lasciar perdere il vecchio vagabondo.

Stavolta era stato il Sorcio a incalzarlo.

«Le faccio una proposta... Dato che a quanto pare non riesce più a separarsi da me, tanto vale accordarsi sul programma... Ecco, per esempio, stasera mi andrebbe un cinema... Poi, be', potrebbe scortarmi al commissariato dell'Opéra, così starà tranquillo...».

Lognon aveva accettato! Per quasi tre ore, al cinema, aveva sfiorato la tasca del Sorcio, quella che conteneva il «New York Herald»!

Se l'avesse scoperto, avrebbe capito che il vecchio era andato all'appuntamento. E probabilmente ne avrebbe dedotto che...

Il secondo errore era più recente. Dopo aver accompagnato il vecchio al commissariato dell'Opéra, Lognon aveva passato le consegne a un giovane collega sottolineando, non senza un certo orgoglio:

«Ordini del commissario Lucas della Polizia giudiziaria! Missione speciale...».

Poi era saltato sull'autobus che si ferma in place Clichy. Da lì, per arrivare a casa, avrebbe potuto prendere un altro autobus, ma siccome tardava ad arrivare, aveva deciso di risalire a piedi rue de Caulaincourt.

Non si rese quasi conto di quello che accadde. Era a meno di cinquecento metri dalla luce rossa di un commissariato. Si stava chiedendo come mai per ben due volte, e nonostante il «New York Herald», l'autore dell'annuncio non si fosse fatto vivo.

Un'auto lo superò e si fermò qualche metro più avanti. Ne scese un uomo, il quale, fingendo di attraversare il marciapiede, lo urtò con violenza, come inavvertitamente.

Invece di scusarsi, mentre Lognon si chinava a raccogliere il cappello, lo sconosciuto gli vibrò un forte colpo alla testa, probabilmente con un piccolo sfollagente di gomma, facendogli perdere conoscenza.

Lo trovarono pochi minuti dopo due agenti in bicicletta, che chiamarono il Pronto Intervento. Lognon ebbe così l'onore di essere scarrozzato nel cellulare della polizia del XVIII arrondissement e, se non avesse ripreso i sensi strada facendo, si sarebbe risvegliato in un letto d'ospedale.

«Non è niente...» mormorò. «Riportatemi a casa...».

Aveva un mal di testa lancinante, ma niente di rotto. Lo accompagnarono al quarto piano. L'ascensore gli provocò la nausea.

La signora Lognon si svegliò.

«Sei tu, Joseph?».

«Sì...» bofonchiò.

Volle a tutti i costi offrire un bicchierino agli agenti che lo avevano soccorso. La signora Lognon perse la pazienza. Entrò nella sala da pranzo in camicia da notte, con i bigodini in testa, senza riuscire a capacitarsi del fatto che il marito tirasse fuori, a quell'ora, la caraffa del calvados e i bicchierini con il bordo dorato del servizio buono.

Restò ancor più sconcertata allorché, mentre riempiva i bicchierini, il marito ebbe un improvviso mancamento e fece appena in tempo a sedersi su una sedia prima di svenire.

«Lo dicevo io!» esclamò la signora Lognon dopo che gli agenti la ebbero informata dell'aggressione. «Bel risultato ha ottenuto!».

Un risultato tale per cui, nel cuore della notte, fu necessario chiamare il medico perché a Lognon era venuta una febbre da cavallo. Dato che dormivano tutti e tre nella stessa stanza, il bambino non chiuse occhio e l'indomani mattina sua madre decise di non mandarlo a scuola.

Verso le dieci, il commissario capo in persona andò a trovare il ferito, che ne avrebbe avuto per almeno una settimana, e vennero di nuovo tirati fuori i bicchierini del servizio buono.

Il Sorcio, intanto, si chiedeva come mai, ancora una

volta, l'ispettore Scorbutico lo abbandonava a se stesso, o meglio, perché lo affidava alla sorveglianza di un giovane ispettore che il vecchio, se solo avesse voluto, avrebbe potuto seminare in pochi minuti.

Quella stessa mattina, dall'aereo proveniente da Basilea sbarcò all'aeroporto di Le Bourget un personaggio in tutto e per tutto simile a quello sbarcato il giorno prima, ovvero Martin Oosting.

Il nuovo arrivato si chiamava Gade e aveva i capelli rossi anziché grigi. Ma fumava gli stessi sigari e posava sul prossimo lo stesso sguardo imperturbabile e di assoluto disprezzo.

Gade, l'amministratore delegato della C.M.B., si tenne stretta la valigetta di cuoio zeppa di carte. Diede a un taxi l'indirizzo dell'Hôtel du Louvre dove, prima ancora del suo arrivo, l'avevano cercato per telefono dalla Svizzera e dal Belgio.

«Mi mandi su il barbiere!» ordinò entrando nell'ascensore.

Aveva la pelle spessa e sanguigna, a grana grossa, come la buccia di certe arance. I capelli tagliati corti facevano l'effetto di un riflesso di luce al tramonto. Quando fu pronto, telefonò a Oosting, che alloggiava allo stesso piano, e i due uomini si chiusero in un salottino, ciascuno con la propria cartella, mentre il telefono continuava a squillare, ora per l'uno, ora per l'altro.

Durante la guerra il commissario Lucas aveva fatto parte del Deuxième Bureau e svolto svariate missioni in Svizzera. Tra i membri della polizia elvetica aveva ancora alcuni amici, e chiamò uno di loro.

Al contrario di Lognon, non era ossessionato da quel caso. Era, anzi, molto preso, in particolare, dal rinvenimento del cadavere di un bambino nella periferia di Parigi, evento che aveva richiamato la solita folla di cronisti davanti alla porta del suo ufficio.

Si occupava ancora di Loëm soltanto perché ordini venuti dall'alto dicevano di «continuare a raccogliere discretamente informazioni».

Questo significava aprire un fascicolo, in modo da averlo pronto nell'eventualità che ci fosse una svolta, che per esempio saltasse fuori il corpo del finanziere.

Dopo la telefonata in Svizzera, Lucas scrisse un appunto che si aggiunse agli altri raccolti nella carpetta:

«La famiglia Loëm dirige la C.M.B., o Gruppo di Basilea, da tre generazioni. In Svizzera ci si riferisce comunemente, senza alcuna ironia, alla dinastia dei Loëm.

«Il nonno di Edgard Loëm è stato un insigne economista liberale e un puritano intransigente.

«Suo figlio, il padre di Edgard, ne ha ripreso la mimica, il portamento, al punto di sfoggiare, all'inizio del Novecento, un abbigliamento pressoché identico a quello che il vecchio indossava quarant'anni prima.

«In realtà, Edgard Loëm non era destinato a succedere al padre, poiché l'erede designato era il fratello maggiore, il quale però morì in un incidente di montagna.

«Edgard Loëm non sembra essere un'aquila. Si limita a portare avanti la tradizione, circondato da dodici uomini, anch'essi appartenenti al Gruppo di Basilea da diverse generazioni.

«In Svizzera non risulta avere nessun legame. A un certo punto corse voce che stava per sposarsi con la moglie del fratello, ma la cosa non ebbe seguito».

Nel frattempo, i due signori di Basilea avevano lasciato l'Hôtel du Louvre per raggiungere a piedi il vicino Hôtel de Castiglione. Qui entrarono nella suite di Loëm come se fosse stata casa loro.

La porta che comunicava con l'ufficio di Müller era aperta. Müller era lì, al lavoro. Si alzò, mettendosi quasi sull'attenti per salutare i due uomini, che non diedero segno di accorgersi della sua presenza e non tardarono a riempire la stanza con il fumo dei loro sigari.

Pacatamente, procedendo con il dovuto ordine e metodo, i due uomini aprirono prima la cassaforte, poi i cassetti, impilarono sulla scrivania i vari fascicoli e li esaminarono uno per uno, prendendo ogni tanto qualche appunto, mostrandosi a volte un documento importante, senza bisogno di aprire bocca.

A un certo punto ebbero bisogno della chiave di un mobiletto che si trovava nel salottino di Loëm. Müller gliela tese dicendo:

« Contiene solo francobolli... ».

Ce n'erano due album interi, oltre a un discreto numero di bustine di carta trasparente che ospitavano ciascuna un singolo francobollo.

Se Oosting non beveva mai, Gade trangugiava un bicchiere dopo l'altro di tè ghiacciato, che subito sudava attraverso i pori della sua pelle granulosa.

A mezzogiorno non andarono a pranzo ma si fecero portare dei panini che mangiarono senza smettere di lavorare.

Non sapevano che, alle nove e dieci, con l'aereo Budapest-Praga-Parigi era arrivato un terzo personaggio, e che il commissario Lucas era di nuovo alle prese con il corpo diplomatico.

Infatti, François Staori, un gran bell'uomo dalla carnagione olivastra che aveva impregnato la carlinga dell'aereo del suo profumo un po' dolciastro, si comportò esattamente come i due finanzieri.

Alle dieci era dal console ungherese e alle dieci e mezzo, in compagnia di quest'ultimo, veniva accolto con sollecitudine da un funzionario del ministero degli Interni.

La sola differenza fu che Staori parlò, e diffusamente, con un accento non meno gustoso di quello della figlia. Protestò con veemenza contro la polizia francese che aveva disonorato la sua famiglia rendendo pubblici certi particolari privati la cui fondatezza smentiva categoricamente.

Dora non era mai stata l'amante di Müller! Ci voleva la mentalità dei francesi, inclini a immaginare sempre storie galanti, per trovare strano che una giovane donna vivesse un anno a Parigi nello stesso albergo del fidanzato.

L'avvocato Staori avanzava tutte le proprie riserve sulle conseguenze che poteva comportare una simile pubblicità ed esigeva un'immediata rettifica a mezzo stampa.

Il temporale non si decideva a scoppiare e nel corso di quei colloqui tutti si scambiavano strette di mano umidicce, facevano lo stesso gesto per asciugarsi il sudore, mentre dalle finestre spalancate arrivava il ticchettio delle macchine da scrivere.

Naturalmente il funzionario promise di fare tutto quanto era in suo potere. Poi, esattamente come il giorno prima, telefonò al questore, il quale telefonò al capo della Polizia giudiziaria e quest'ultimo convocò Lucas nel suo ufficio.

«Ecco fatto! È arrivato stamattina a Parigi, alloggia all'Hôtel de Castiglione, nella suite della figlia. Vuole rilasciare a tutti i costi una dichiarazione ufficiale e pretende che venga indetta una conferenza stampa oggi pomeriggio...».

I due uomini si guardarono con la stessa smorfia in volto. Non potevano impedire a Staori di raccontare ai giornalisti tutto quello che voleva.

E, in tal caso, gli altri, quelli di Basilea, avrebbero trascinato ancora il console svizzero al ministero degli Interni per rinnovare le proteste.

«Che ne pensa, Lucas?».

Lucas proferì serio:

«Mi piacerebbe vedere il cadavere!».

«Sempre che ci sia un cadavere».

«E mi piacerebbe ritrovare l'auto...».

Descrizione e numero di targa erano stati diramati fin dal primo giorno a tutta la polizia di Francia, insieme alle segnalazioni dei dieci o dodici furti di auto che vengono quotidianamente commessi a Parigi. Ma, essendo del mestiere, i due uomini sapevano perfettamente che, nel migliore dei casi, di quelle dodici auto rubate, ne sarebbe stata ritrovata appena la metà. E per di più a distanza di parecchi mesi, in genere.

« Che cosa conta di fare? ».

« Vado a trovare questo Staori... ».

In quell'istante squillò il telefono e Lucas si accinse a uscire. Ma il capo della Polizia giudiziaria, che aveva alzato la cornetta, gli fece segno di prendere il secondo ricevitore.

« Pronto? Sì... Le dispiace ripetere? ».

« Sono il commissario capo del IX arrondissement... Ieri sera l'ispettore Lognon è stato aggredito in rue Caulaincourt da alcuni sconosciuti scesi da una macchina... È stato colpito alla testa con un oggetto contundente e adesso si trova a riposo a casa sua, in place Constantin-Pecqueur... È stato lui a chiedermi di avvertire la Polizia giudiziaria, in particolare il commissario Lucas... È lì, per caso? ».

« Sì, è in ascolto. La ringrazio... ».

« Gli può chiedere se dobbiamo continuare a pedinare il Sorcio? Non ho molti uomini a disposizione, e se non è più necessario... ».

Il capo della Polizia giudiziaria interrogò con lo sguardo Lucas, il quale alzò le spalle.

« Bene! In tal caso, lasciate perdere... ».

Dopo aver riattaccato, chiese a Lucas:

« Che cos'è questa storia del Sorcio? ».

« Un'idea dell'ispettore Lognon... In effetti, il vecchio sembra sapere qualcosa... Ma che cosa di preciso lo ignoriamo... Stasera lo interrogherò... ».

Restarono un attimo in silenzio. Poi Lucas mormorò:

« Scommetto che ieri sera Müller non ha messo piede fuori dall'Hôtel de Castiglione... Quanto a Staori, se ciò che ci hanno detto è vero, non era ancora arrivato in Francia... ».

E, a mo' di conclusione, ripeté:

«Che vuole che le dica? Darei qualsiasi cosa per vedere il cadavere...».

Probabilmente il capo della Polizia giudiziaria si sbagliava, ma ebbe l'impressione che il commissario non credesse troppo all'esistenza di quel cadavere.

Prima di salire al terzo piano dell'albergo, Lucas fece portare il suo biglietto da visita a quei signori con la richiesta di un breve colloquio. Gli fecero rispondere dal cameriere del piano che erano molto occupati e pregavano il commissario di ripassare in serata oppure di scrivere.

Non erano certo tipi da lasciarsi impressionare dalla polizia! Continuarono a lavorare nell'ufficio impregnato dell'odore di avana e della brillantina di Müller.

Allora Lucas scrisse su un pezzetto di carta:

«Potete dirmi se la C.M.B. era ufficialmente interessata a realizzare un'operazione relativa ad alcuni terreni a Budapest, per il tramite o la collaborazione dell'avvocato Staori?».

Fece consegnare il biglietto, che gli venne restituito con una lapidaria annotazione a matita rossa: «No!».

Lucas era quasi deciso a prendere l'ascensore, poi cambiò idea, girò il pezzo di carta e scrisse:

«Edgard Loëm aveva facoltà di intavolare delle trattative per un'operazione del genere senza informare il consiglio di amministrazione?».

Il biglietto tornò di nuovo indietro con la medesima parola tracciata dalla stessa mano: «No!».

A quel punto, il commissario emise un sospiro di soddisfazione e si fece annunciare a Staori. Costui era in compagnia di un amico ungherese che abitava a Parigi. Lucas ebbe l'impressione di averlo già visto da qualche parte.

Staori reagì subito con molta arroganza, ripeté quello che aveva detto la mattina, tirò fuori l'onore della sua famiglia, del Foro di Budapest, della nazione intera, insomma, che quella faccenda infangava.

«Voglio che vengano qui i giornalisti, così potrò dichiarare...».

Lucas ascoltava pazientemente. Soffriva il caldo anche lui, ma non si curava di asciugarsi la fronte madida di sudore. Mentre l'altro parlava, si rigirava tra le dita il pezzetto di carta, finché di colpo lo tese al suo interlocutore. Questi gli diede un'occhiata, restò interdetto e balbettò:

«Che cos'è?».

«Due domandine che ho appena rivolto per iscritto ai signori del Gruppo di Basilea...».

«Ma... Non vedo... Che cosa c'entro io?».

Allora, flemmatico e maldestro, Lucas si frugò in tutte le tasche e finalmente riuscì a trovare il telegramma della polizia di Budapest.

Pazienza per la polizia di Budapest! Che Staori se la prendesse con loro!

«... conferma che l'avvocato Staori, padre di Dora Staori, si trova da tempo in cattive acque...».

Ora l'avvocato avrebbe fatto volentieri a meno della presenza del suo compatriota, che fino a quel momento era stato ben felice di prendere a testimone.

«... si tiene a galla solo grazie alla fiducia che ispira il Gruppo di Basilea, di cui fa parte il futuro genero...».

Nel frattempo Lucas assunse un'aria beota e si caricò la pipa, incerto se accenderla o meno. Aspettava. Si riprese il telegramma e il bigliettino.

«È una macchinazione dei miei avversari politici per rovinarmi!» sbottò alla fine Staori. «Del resto, mi piacerebbe sapere come ha fatto questo documento ad arrivare nelle sue mani...».

«In una maniera che più ufficiale non si può... Come avrà notato, non me ne sono servito... Sarebbe davvero increscioso se la stampa...».

«La stampa non può farlo!».

«È appunto quello che stavo per dire... Se la stampa, che ha ormai preso la brutta abitudine di svolgere indagini per conto suo, spesso anche con una certa abilità, pubblicasse notizie di questo genere ottenute da qualche altra fonte... Io rispondo della discrezione dei nostri servizi, ma a Budapest potrebbe non essere così... Tenga conto che il caso è stato, per così dire, archiviato, visto che non c'è un cadavere e, non essendo stata sporta denuncia, le indagini sono state automaticamente sospese... Il signor Müller, che in realtà era un semplice impiegato, diciamo pure piuttosto di second'ordine, ha abusato della sua buona fede e di quella di sua figlia... I lettori dei giornali hanno già dimenticato questa storia e se si sta attenti a non rinfocolarla...».

«Che cosa gradisce, signor commissario?».

«Una birra, molto volentieri».

E la cosa finì come doveva finire, con le rimostranze di Staori sulla perfidia dei signori del Gruppo di Basilea che avevano abusato della sua fiducia e adesso si rimangiavano gli impegni presi.

«Loëm è venuto sul serio a Budapest per vedermi! Se non ci siamo incontrati è solo perché in quel momento avevo una causa in provincia e lui non poteva aspettare...».

Portarono una birra strepitosa e un whisky per Staori, che poi accompagnò il commissario alla porta.

«Immagino che documenti del genere...».

«Non escono mai dai nostri fascicoli! Le dirò di più: verranno distrutti non appena il caso sarà ufficialmente archiviato...».

«Conto su di lei!» disse Staori con una strizzatina d'occhi più che eloquente. *Comunque, ci rivedremo...*

E rientrò nella sua suite, convinto di avere in tasca il commissario Lucas.

Lucas, da parte sua, avrebbe pagato qualunque cifra per avere anche la più piccola informazione su quella faccenda di cui vedeva tutte le insidie senza però riuscire, con tutta la buona volontà, a scorgere l'ombra di un filo conduttore.

Il sole picchiava così forte che attraversare place Vendôme sembrava una vera e propria impresa. Sulla soglia il commissario ebbe un attimo di esitazione, alzò le spalle alla vista del suo ispettore che passeggiava avanti e indietro sul marciapiede con una disinvoltura talmente falsa che anche il più sprovveduto l'avrebbe smascherato, fermò un taxi e, dopo un ultimo tentennamento, annunciò con scarsa convinzione:

« Place Constantin-Pecqueur! ».

L'ordine di revoca del pedinamento del Sorcio non era ancora pervenuto al diretto interessato. Lucas ebbe modo di constatarlo scorgendo a due passi dal domicilio di Lognon un giovanotto, che ostentava la stessa falsa disinvoltura dell'altro, al quale rivolse la parola.

« P.M.? » si limitò a dire.

Polizia municipale? L'altro, riconoscendo il commissario, che appariva in foto sui giornali praticamente ogni settimana, balbettò:

« Sì... Lei è al corrente? ».

« Allora, è salito? ».

« È appena arrivato. Stamattina, uscito dal commissariato, è andato sulla riva della Senna e, a torso nudo, si è dato una ripulita. Aveva persino comprato un pezzo di sapone. Sotto gli occhi divertiti di un gruppetto di sfaccendati si è lavato praticamente da capo a piedi, poi si è seduto su una panchina, all'ombra. A mezzogiorno ha comprato il giornale del pomeriggio e così ha saputo che l'ispettore era stato vittima di un'aggressione. Evidentemente era in dubbio se venire o no, perché ha fatto un gran giro prima di arrivare qui... ».

Dopo aver chiesto il piano alla portinaia, Lucas prese l'ascensore, suonò il campanello e si presentò alla signora Lognon, la quale, come apprese chi aveva davanti, anziché mostrarsi più gentile, si accigliò.

« Prego! » si limitò a dire.

Poi, a mezza voce, come tra sé:

« Se questa è la cura per un poveretto con la febbre a trentanove!... ».

L'appartamento si componeva di tre sole stanze: cucina, sala da pranzo e camera da letto. Il bambino, in sala da pranzo, non sapeva cosa fare. La porta della camera da letto era chiusa.

« Vuole che vada ad avvertire mio marito che lei è qui? ».

« Se non è troppo disturbo! ».

Un istante dopo il Sorcio usciva precipitosamente dalla camera da letto, con una tale furia che per poco non cadde inciampando in una sedia. Lognon era seduto, appoggiato ai cuscini con la testa bendata.

« Tu non muoverti da lì!... » disse Lucas prima di entrare nella camera e chiudere la porta.

Poi:

« Buongiorno, ispettore... Allora, una brutta botta? ».

Lognon era confuso. Mai, nemmeno per la prima comunione del bambino, nel suo umile appartamento si erano presentate tante personalità. Il commissario capo al mattino, il commissario Lucas nel pomeriggio...

Gettò uno sguardo ansioso tutt'intorno per timore che ci fosse disordine e chiamò la moglie.

« Porta la poltrona al signor commissario... ».

A causa della mancanza di spazio, in casa ne avevano solo una.

« Sa, fosse stato per me, io mi sarei alzato... Ma il dottore... ».

« Non si preoccupi, caro Lognon... Sono passato semplicemente a farle un salutino... È stata proprio una sfortuna ieri sera perché, per come la conosco, se non avessero agito con tanta destrezza... ».

« Da veri professionisti!... » esclamò Lognon in un impeto di orgoglio. « Non sono riuscito a vedere niente. Se domani mi trovassi davanti al mio aggressore non lo riconoscerei... Non ho visto niente di niente, né il colore dell'auto, né il numero di targa... Una cosa però ho capito: il loro stratagemma... ».

« Ah, sì? ».

Meno male, sembrò pensare Lucas, almeno qualcuno che ci capisce qualcosa!

Lognon gli raccontò dell'annuncio apparso la domenica sul giornale e del suo appostamento al Fouquet's munito del « New York Herald ».

« Capisce? Avevano bisogno di controllare se qualcuno sapeva... Così hanno messo l'annuncio... Ma, anziché farsi vivi, sono rimasti nascosti a osservare... Mi hanno individuato grazie al giornale americano... E hanno pensato che sapessi qualcosa... ».

« E invece lei non sa un bel niente! » decretò placidamente Lucas.

Lognon trasalì, rifletté un istante e ammise:

« In effetti, non so niente ».

« In tal caso, » proseguì il commissario « mi chiedo chi è che ne sa qualcosa. L'annuncio non è certo stato pubblicato per stuzzicare la nostra curiosità... Evidentemente c'è qualcuno che li preoccupa... ».

« Vedo che la pensa come me... ».

Temendo di essersi spinto troppo oltre e che il commissario potesse essersi seccato, si affrettò a dire:

« Le chiedo scusa... ».

« Ma no, ma no! Ha dimostrato spirito d'iniziativa... ».

Poi, cambiando tono di colpo:

« Che cosa è venuto a fare qui il vecchio? ».

Il commissario l'aveva messo talmente a proprio agio che Lognon si lasciò andare a parlare normalmente, come avrebbe fatto con la moglie, e non come era abituato a rivolgersi ai suoi superiori.

«Me lo chiedo anch'io... Se vuole il mio parere...».

«Dica, dica!».

«Be', è una cosa un po' ridicola... Io non mi sono mai mostrato tenero nei suoi confronti... Eppure, poco fa, ho avuto quasi l'impressione che fosse venuto da amico... Sembrava dispiaciuto per quello che mi era successo... Mi ha chiesto se soffrivo molto...».

Lognon temeva di passare per un sentimentale. Perciò rettificò subito:

«So benissimo che è un commediante... Ma che motivo aveva per venire?...».

Dalla finestra aperta si vedevano i bambini giocare sulla piazza e si sentivano i suoni striduli tipici delle ricreazioni.

«Non so se capisce quello che voglio dire...».

E arrossì, temendo di nuovo di aver offeso il commissario.

«È difficile da spiegare... Fin dalla prima sera, quando si è presentato con la busta piena di dollari, ho sentito che c'era qualcosa di strano...».

«A proposito,» lo interruppe Lucas «dov'è la busta?».

«Dev'essere agli Oggetti smarriti... Accidenti, è vero!...».

Indovinava il pensiero del capo. Nessuno si era preso la briga di esaminare la famosa busta, né di far pubblicare i numeri di serie delle banconote!

«Capisco che cosa intende fare...».

Amen! Aveva davvero esagerato. A Lucas non doveva andare a genio che qualcuno con il semplice grado di ispettore intuisse i suoi pensieri o dimostrasse di essere intelligente quanto lui, perché tagliò corto:

«Interrogherò il Sorcio».

«Ah sì?».

Lui l'aveva già fatto una decina di volte! E con il vantaggio di conoscere l'alsaziano da un bel po' di tempo.

«Non crede che la busta...? Ora che ci penso, mi sembra di ricordare che ci fossero dei conti scritti sopra, a matita...».

Si accorse solo in quel momento di essere venuto meno a tutte le regole dell'ospitalità.

« Posso offrirle qualcosa, commissario? Un calvados?... No?... Una birra, allora...? ».

Lucas si comportò da vigliacco. Non ebbe il coraggio di bere della cattiva birra casalinga, di certo non ghiacciata, dopo la birra meravigliosa dell'Hôtel de Castiglione.

« Grazie, no... Si riposi... Non si agiti... Tra pochi giorni... ».

Perbacco! Tra pochi giorni, con tutti i mezzi di cui disponeva, il commissario Lucas sarebbe venuto a capo di quella faccenda! Per l'ennesima volta la sua fotografia sarebbe apparsa in prima pagina sui giornali. E nessuno avrebbe mai nominato l'ispettore Lognon della Polizia municipale.

« Arrivederci, caro Lognon... ».

Quando la porta si richiuse, a Lognon venne quasi da piangere. Il Sorcio era sempre seduto sulla sedia in sala da pranzo, di fronte al bambino che giocava con un trenino scassato. La signora Lognon si era messa a stirare in cucina, e doveva aver lasciato appoggiato il ferro troppo a lungo su un indumento perché arrivavano delle zaffate di bruciato.

« Tu vieni con me! Arrivederla, signora Lognon. Mi raccomando suo marito ».

Il commissario e il barbone scesero in ascensore, per forza di cose stretti l'uno contro l'altro. Quando la cabina arrivò al pianterreno, cercando di sorridere, come se fosse una battuta, il vecchio disse:

« Sono in arresto? ».

E il commissario, senza battere ciglio, rispose:

« Può darsi! ».

7
A FUOCO LENTO

In taxi il commissario sembrò dimenticarsi completamente dell'esistenza del barbone che, pur essendoci un posto libero sul sedile, gli si era seduto di fronte, sullo strapuntino.

Il Sorcio lo studiava di sottecchi. Conosceva bene la polizia. Sapeva a memoria tutte le storie che si raccontano sugli interrogatori della Polizia giudiziaria e la famigerata stanza delle confessioni spontanee. Chissà se gli avrebbero proposto un panino e una birra, oppure Lucas lo avrebbe cotto a fuoco lento.

Non conosceva a menadito soltanto la teoria: era stato interrogato centinaia di volte dai gendarmi quando batteva le campagne – che periodaccio quello! –, da commissari di provincia, da ogni sorta di poliziotti, tipi tristi come Lognon, o simpaticoni che ti danno gomitate nelle costole, altri ancora che non fanno differenza tra uomo e uomo, e ti allungano subito la borsa del tabacco...

La corsa attraverso Parigi fu troppo breve e all'improvviso si ritrovarono davanti all'ampio androne del Quai des Orfèvres. Malgrado il cortile assolato e la bandiera blu, bianca e rossa sopra il portone, il Sorcio non poté fare a meno di provare un certo turbamento. Figurarsi come si sarebbe sentito se fosse stato un novellino!

Dopo aver pagato il tassista, Lucas attraversò l'androne e girò a sinistra, voltandosi solo ai piedi della scala, come se fin lì avesse dimenticato di non essere solo:

« Seguimi... » ordinò inutilmente, dato che il Sorcio gli era già andato dietro.

Salì le scale tutto pimpante, spinse la porta della Polizia giudiziaria, al primo piano, strinse la mano a due persone che passavano per il corridoio. Avvocati, pensò il Sorcio.

« Il capo ha chiesto di me? » chiese Lucas al piantone.

« Più di un quarto d'ora fa... ».

Penetrando da una vetrata, la luce disegnava riflessi cangianti sui divanetti, di velluto rosso come all'Hôtel de Castiglione.

« Accompagna questo signore al 3... ».

Sembrava che non desse nessuna importanza al barbone. Appese il cappello a un attaccapanni e bussò alla porta imbottita del capo. Il Sorcio, che sarebbe rimasto volentieri, fu costretto a seguire il piantone che aveva preso dal cassetto una grossa chiave.

« Da questa parte... Attenzione al gradino... ».

Il Sorcio, che in guardina era di casa, rimase sbalordito alla vista di una stanzetta dai muri imbiancati di fresco, con tanto di finestra che dava sul cortile interno. Un letto di ferro in un angolo, un tavolo e una sedia.

Il piantone lo guardò perplesso, poi per ogni evenienza gli chiese, più che altro per abitudine:

« Ha un'arma? ».

E la porta si richiuse. Il Sorcio si sedette sulla sponda del letto, con il mento appoggiato sulle mani intrecciate e di colpo, suo malgrado, cominciò a tremare.

« C'è stato un pranzo al ministero degli Interni » disse a Lucas il capo della Polizia giudiziaria. « Quei signori *ne* hanno discusso... ».

Quei signori erano, in blocco, tutte le personalità delle alte sfere politiche: ministri, deputati, forse anche ambasciatori.

«È come in una filastrocca... Un terzo svizzero, tale e quale agli altri due, solo più austero e più ricercato nel vestire, è arrivato da Londra con l'aereo da Croydon... Anche lui è uno del Gruppo di Basilea e si è chiuso con gli altri due nella suite di Loëm...».

Lucas scherzò:

«Quando ci saranno tutti e dodici... Perché sono dodici, no?».

«Non so se sono dodici o tredici, so solo che, stando a quanto mi ha detto il ministro, si trovano in grande imbarazzo. Non dimentichiamo che Edgard Loëm, presidente del gruppo, nonché azionista di maggioranza, ufficialmente non è morto. Quindi non si può procedere all'apertura del testamento! E, per statuto, non si può sostituirlo. E niente ci garantisce che questa situazione non si trascini all'infinito... Pare che a Parigi, come a Londra, a Bruxelles e ad Amsterdam, questo mistero influisca sull'andamento in Borsa di almeno una decina di società...».

«Gli ordini?» chiese Lucas serafico.

«Ritrovare il cadavere a tutti i costi, ma sempre con il massimo riserbo...».

Lucas non sorrise. Tornò nel suo ufficio, dove lo attendevano due ispettori per parlargli dell'altra indagine, quella relativa al ragazzino assassinato in periferia.

«Se mi tortura,» si diceva il Sorcio guardando dalla finestra il cortile deserto «lo minaccerò di denunciarlo ai giornali. E comunque posso sempre rifiutarmi di rispondere se non mi danno un avvocato... Anzi, un'avvocatessa! Sarà più divertente e farà più scalpore...».

Aveva caldo. E sete. Parlava da solo per farsi coraggio: tutt'a un tratto gli era venuta una paura tremenda, indefinita. Tendeva l'orecchio ai rumori del palazzo ma, tranne ogni tanto dei passi per le scale, non gli arrivava niente.

Vide entrare nel cortile un cellulare tirato da un cavallo. Il cocchiere scese, sparendo dal suo campo visivo, e il Sorcio pensò che venissero a prenderlo per portarlo in prigione.

Gli sembrava di essere chiuso là dentro da almeno due ore. Perché non lo interrogavano? Ma certo, lo sapeva! Un cameriere che spacciava cocaina l'avevano lasciato due giorni e due notti, in pieno inverno, senza vedere nessuno e non gli avevano nemmeno portato da mangiare. Quando finalmente lo avevano accompagnato nell'ufficio del commissario, su un vassoio c'erano una birra e un enorme panino. Ma erano per il commissario, che mentre lo interrogava beveva e mangiava!

Avrebbero potuto fargli questo! Oppure cuocerlo a fuoco lento, come dicevano loro: sottoporlo a un interrogatorio bonario, cordiale, con l'aria di volergli dare una mano, convincerlo che era nel suo interesse... eccetera eccetera!

Poi, una volta che hai vuotato il sacco e pensi di essertela cavata, il tono cambia e ti sbattono dentro!

Vedendo che cominciava a farsi sera, il Sorcio si avventò di colpo sulla porta: aveva paura di restare lì per tutta la notte. Tirò pugni, calci. Nessuno gli rispose e, contrariamente alle sue abitudini, il vecchio barbone iniziò a snocciolare un terribile rosario di ingiurie.

Che cosa sapeva di preciso il commissario Lucas? E, soprattutto, che cosa credeva sapesse il Sorcio?

Con Lognon era facile. Giocavano ad armi pari. Ma con il commissario?

Soltanto alle otto la porta si aprì ed entrò un ispettore:

«Che cosa vuoi mangiare?» gli chiese.

«Il commissario non c'è?».

«Se n'è andato da un pezzo!».

«E non torna?».

«Oggi di sicuro no... Allora, che cosa vuoi mangiare?... Prosciutto? Salame?».

«Preferisco il salame...».

«Vino bianco, rosso?».

«Rosso!».

Rimase di nuovo solo, poi la porta si aprì e l'ispettore, che evidentemente era andato di persona a fare la spesa, dato che aveva ancora il cappello in testa, posò i pacchetti sul tavolo: tre belle fette di prosciutto, un pezzo di salame di almeno dieci centimetri, di quello vero, comprato in una salumeria italiana, due litri di vino rosso e un camembert.

«Eccoti servito! Per spegnere la luce, l'interruttore è vicino al letto...».

«Senta, ispettore...».

«Sì?».

«Non è che per caso ha un giornale?».

In tasca ne aveva una copia nuova nuova, e gliela lasciò. Era quasi troppo facile! Troppa grazia! Il Sorcio mangiò lo stesso, in preda a una specie di rabbia. Divorò tutto quanto – prosciutto, salame, formaggio –, dando una scorsa al giornale.

Alla pagina degli annunci ritrovò l'inserzione di Archibald, esattamente come il giorno prima.

Dunque gli assassini sapevano che non era Lognon la persona che cercavano! Probabilmente gli avevano dato una botta in testa perché la sua ostinazione cominciava a seccarli.

Era lui, il Sorcio, che si aspettavano di trovare all'appuntamento! Forse la sera del 23 lo avevano visto?

E pensavano che volesse tenersi il portafogli e il suo contenuto. In tal caso, se quella gente non ci aveva pensato due volte ad assassinare Loëm in piena Parigi, non si sarebbe certo tirata indietro davanti a un nuovo delitto...

Non fosse stato per la canonica...

Ma no! Tanto più che Lucas gli avrebbe promesso di lasciarlo in pace, ma alla fine lo avrebbe sbattuto dentro, magari per complicità in omicidio.

Il Sorcio dormì male. Quel posto era pieno di rumori sconosciuti. Per le scale c'era un viavai continuo, come in pieno giorno. Da qualche parte, ogni dieci minuti squillava un telefono.

Al mattino, il cellulare era ancora nel cortile, ma il cavallo era stato staccato.

Alle otto lo riattaccarono e il cellulare restò là, metà al sole e metà all'ombra.

Lo stesso piantone del giorno prima venne ad aprire la porta soffocando uno sbadiglio.

« Che cosa vuole mangiare? ».

« Voglio parlare con il commissario! » saltò su il Sorcio.

« Il commissario non è ancora arrivato ».

« Quando arriva, gli dica che ho bisogno di parlargli... ».

« Nel frattempo non vuole mangiare? ».

Stavolta gli portarono dei croissant, un thermos di caffellatte e qualche zolletta avvolta in un pezzo di carta.

La finestra non si apriva. Il sole investiva in pieno la cella e, infastidito dal gran caldo, il vecchio si tolse la giacca e le scarpe.

Non riusciva a stare fermo, si sdraiava, si rialzava, andava a origliare alla porta. E controllava che il cellulare fosse sempre al suo posto.

A mezzogiorno il commissario non si era ancora fatto vivo e stavolta, senza chiedergli niente, gli portarono un pacchetto di provviste ancora più abbondante della sera prima, più due litri di vino rosso.

Come il giorno prima, mangiò animato da un desiderio di vendetta. Si scolò tutto il vino, si appisolò e si svegliò di colpo che il sole era ancora alto.

Cominciava a star male per davvero. Da ventiquattr'ore non soddisfaceva certi bisogni naturali, e non vedeva dove farlo. Tra il vino rosso e i salumi, aveva lo stomaco sottosopra.

L'avevano fatto apposta, c'era da scommetterci! Magari lo stavano addirittura spiando attraverso un foro nella parete.

In un accesso di rabbia, prese di nuovo d'assalto la

porta. Quei mezzucci andavano bene con gli altri, i veri assassini! Ma non con lui! Non con un uomo che da dieci anni era, per così dire, pappa e ciccia con la polizia!

Il responsabile di tutto era Lucas, e l'odio che il Sorcio provava per lui aumentava di minuto in minuto. Gli si stravolgevano i lineamenti, diventava subdolo, mellifluo. Aveva mai sorriso in vita sua quell'uomo? Era un autentico bruto! Non un brav'uomo come Lognon, che si limitava a fare la faccia truce, roteando gli occhi e aggrottando le folte sopracciglia.

Sempre la stessa storia! Lognon si beccava una botta in testa, rischiando pure di restarci secco... E se si scopriva qualcosa, sarebbe stato l'altro a prendersi tutto il merito. Magari lo avrebbero anche decorato!

Già! Ciò non toglie che Lognon era stato il più furbo di tutti. Il Sorcio ne sapeva qualcosa. Dato che, dopo tutto, era l'unico a conoscere la verità. Lui solo poteva affermare di aver visto il cadavere. Poteva presentarsi da quei signori di Basilea di cui parlavano i giornali e dire loro:

«Compratemi la canonica e concedetemi un piccolo vitalizio... Dirò tutto... Oppure, se preferite, se vi fa più comodo, terrò la bocca chiusa...».

Li aveva in pugno! Era inutile che Lucas si illudesse di farlo parlare. Nemmeno ingozzandolo di salumi e di vino d'annata!

Quanto potevano dargli? Più di un anno di galera? No! E allora? Tenendo la bocca chiusa avrebbe recuperato la busta e i dollari che gli Oggetti smarriti sarebbero stati costretti a restituirgli!

Si sentiva soffocare. Anche questo, forse, era un trucco. E quel cavallo attaccato fin dal mattino al cellulare e che ogni tanto scalpitava, battendo gli zoccoli contro il selciato! Perché attaccarlo se non serviva?

«Prenda la sua roba!» disse a un tratto il piantone aprendo la porta.

«C'è il commissario?».

«Non lo so».

Rimettendosi le scarpe e la giacca, brontolò:

« Vedrà quante gliene dirò, al suo commissario!... ».

Continuò a parlare tra sé salendo le scale, e anche dopo, mentre aspettava nell'anticamera rischiarata dalla vetrata, dove quattro o cinque persone, in piedi, chiacchieravano in un angolo.

Cercò di captare quello che dicevano. Gli sembrava impossibile che si parlasse d'altro al di fuori del suo caso. A un certo punto si aprì una porta. Un giovane scorse il Sorcio e disse:

« Prego! ».

Il Sorcio entrò e il giovane se ne andò, lasciandolo solo davanti a una scrivania, alla quale sedeva il commissario Lucas.

« Siediti... Ti hanno trattato bene, spero ».

Decisamente, il vero Lucas non somigliava per nulla al ritratto arcigno che il barbone alla fine si era fatto di lui. Per leggere inforcava un paio di occhiali che gli davano un'aria paterna. Scorreva un fascicolo, incuriosito.

« Di' un po'! Sai che eri davvero una persona perbene? Leggo qui che cantavi nel coro del tuo paese, poi sei stato organista e quindi maestro di armonium a Strasburgo... ».

« Di solfeggio! » precisò il Sorcio.

« Che cosa ti ha fatto deragliare? Il vino? ».

Il Sorcio si dimenò un attimo sulla sedia e, senza poter trattenere un fremito di orgoglio, mormorò con falsa modestia:

« Soprattutto le donne!... ».

« Hai avuto un'avventura? ».

« Più d'una!... Le dirò, ancora adesso, alla mia età, è per colpa di una donna se sono qui... Un altro, al mio posto, se avesse trovato la fotografia di una ragazza l'avrebbe lasciata dov'era... Io, invece, me la sono presa a cuore... ».

Non stava nella pelle dalla gioia. Gli sembrava che, senza volerlo, il commissario gli avesse suggerito la via da seguire. Bastava attenersi a quella versione e il gioco era fatto.

«Nemmeno una condanna al casellario giudiziario...» proseguì Lucas senza mai alzare gli occhi sul suo interlocutore, continuando a sfogliare delle carte che l'altro moriva dalla voglia di leggere. «Piuttosto insolito per uno che vive per strada da così tanto tempo... Immagino che qualche furtarello di polli o di conigli ce l'avrai sulla coscienza...».

«Come tutti!» ribatté il Sorcio.

«Come tutti, certo!».

Entrò un poliziotto, posò un altro fascicolo sulla scrivania e il commissario gli disse:

«Tra un attimo, Janvier!... Finisco con questo brav'uomo di cui mi ero dimenticato, e che deve aver fretta di andare a prendere una boccata d'aria...».

Dunque stavano per rilasciarlo! D'altronde, Lucas non sembrava dare troppo peso al suo caso.

Che strano! A volte il Sorcio divertiva tutti gli ospiti delle celle di sicurezza inscenando uno di quegli interrogatori «a fuoco lento». Conosceva l'antifona come pochi, eppure non lo sfiorava nemmeno il sospetto che il commissario si stesse prendendo gioco di lui e che l'ispettore fosse entrato solo perché sollecitato da Lucas, che aveva premuto di nascosto un pulsante.

«Di' agli altri di aspettarmi...».

Guardò l'orologio e aggiunse:

«Vediamo... Sono le sette... Arrivo tra dieci minuti... Fai telefonare a Staori per avvertirlo che oggi non posso vederlo... E avvisa anche mia moglie che stasera ceniamo fuori...».

Tornò come a malincuore a occuparsi del barbone, e parve spulciare invano nel fascicolo per trovare qualcosa a suo carico.

«Mah... Vedo che hai risposto a tutte le domande... Lognon doveva avere le sue ragioni, eppure io non riesco a capire quali...».

«L'ispettore Lognon è un testone...».

«Ah, sì?».

«Detto tra noi, non è una persona molto istruita... E

così si butta a capofitto sulla prima idea che gli salta in mente... ».

« Ascoltami. Tu sei un brav'uomo, no? Non sei mai stato in prigione e non credo che tu voglia finirci, vero? Mi hanno appioppato un caso rognoso in cui sono coinvolti dei pezzi grossi, degli stranieri... Conosci la legge? ».

« Quale legge? ».

Lucas fece finta di cercare nel Codice, si confuse.

« L'articolo numero... ora non me lo ricordo... Non importa... Il privato cittadino che è stato testimone di un reato o che nasconde alla giustizia elementi relativi a un reato se ne rende automaticamente complice e come tale sarà perseguito... Aspetta che trovi la pagina... Se non ricordo male la pena prevede fino a cinque anni di reclusione... Mi dicevo... ».

Il Sorcio si fece diffidente.

« Mi dicevo che, se tu sapessi qualcosa, come insinua l'ispettore Lognon, avresti fatto spontaneamente una deposizione... Sbaglio? ».

« No! ».

Il commissario guardò l'orologio ed ebbe un moto di impazienza. Si alzò, come se avessero ormai finito.

« Il povero Lognon mi ha appena raccontato una storia complicata riguardo a un certo Archibald... Non ci ho capito un accidente... Conosci uno che si chiama Archibald, tu? ».

« No! ».

« Tanto per cominciare, che razza di nome è?... A chi mai può venire in mente di chiamarsi Archibald?... Perché non Alcibiade o Tutankhamon? ».

Rise e il Sorcio si sforzò di ridere anche lui per assecondarlo. Bussarono alla porta. Era lo stesso poliziotto di poco prima.

« C'è una signora che chiede di lei... ».

Il commissario si voltò verso il barbone mormorando: « Torno fra un istante... ».

Rimasto solo, il Sorcio dovette resistere all'impulso di chinarsi sulla scrivania e dare un'occhiata al famoso fascicolo. Poteva trattarsi di un altro trucco, di quelli che era così bravo a mimare ma, adesso che era parte in causa, gli era completamente venuto meno il fiuto.

C'era un giornale appoggiato sopra le carte, piegato alla pagina degli annunci, uno dei quali cerchiato a matita blu. «Archibald...».

Il commissario Lucas tornò, sorprendendo il barbone con il giornale in mano. Ma non mostrò né stupore né irritazione. Al contrario!

«Guarda! Mi hai fatto venire un'idea...» esclamò di buon umore. «Pazienza per la cena fuori... Vorrà dire che andremo a teatro a stomaco vuoto...».

Improvvisò un ragionamento tra sé e sé, si approvò.

«Perché no?... Ascolta... È da un bel pezzo che la polizia ti ospita gratuitamente per la notte, è ora che tu ricambi con un piccolo favore... Spero che qui ti abbiano trattato bene, almeno... Lognon si è incaponito su quell'annuncio... È convinto che dietro si celi chissà quale mistero, e io sono costretto a scoprire che cosa c'è sotto... Se mando uno dei miei uomini, lo riconoscono subito... Ci andremo insieme... Tu ti aggirerai tra i tavoli come fai di solito, con il "New York Herald" in mano... Che cos'hai?».

«Io?... Niente!».

«Tra un'ora sarai libero... Aspetta...».

Il commissario si mise il cappello, chiamò un suo collaboratore e gli diede istruzioni sottovoce.

«Vieni... Chiediamo al tassista di lasciarci a duecento metri dal Fouquet's... Non avrai mica paura?».

Con la gola secca, il Sorcio rispose:

«Non mi faranno del male?».

«Chi?... Oltretutto ci saranno due dei miei uomini a vegliare su di te...».

«Che cosa dovrò dire?».

«Assolutamente niente... Se qualcuno ti rivolge la parola, sarà di certo la persona che cerchiamo...».

«Ma non ho cenato!» fu il goffo tentativo di protesta del barbone.

«Neanch'io! Mangeremo dopo... Su, andiamo!...».

Lo avevano cotto a puntino! Ed era stato quel Lucas che adesso, in taxi, non si sforzava più di sorridere, ma gli si rivolgeva anzi in tono severo:

«Che hai da agitarti tanto? Si direbbe proprio che non hai la coscienza tranquilla!».

«Innanzitutto bisogna sapere se ha riconosciuto il bambino» stava dicendo quello dei signori di Basilea con la pelle granulosa. «Se siete d'accordo, andrò da questa donna... Le offrirò una rendita, diciamo quindicimila franchi all'anno...».

«Credo che sarebbe meglio aspettare l'apertura del testamento» ribatté Oosting, stringendo con cautela tra le dita grassocce un sigaro che aveva tre centimetri di cenere.

«Quanto tempo deve passare in Francia prima che si possa ottenere un certificato di morte presunta?» si informò quello dei tre che curava gli interessi del gruppo a Londra.

«Stasera vedo il nostro avvocato. Suppongo che ci vorrà un anno...».

«E se non fosse morto?».

A quelle parole, contrariamente alle sue abitudini, nonché alle tradizioni non solo della famiglia, ma dell'intero gruppo, Oosting perse le staffe e batté il pugno sul tavolo, sacrificando così la sua magnifica cenere.

«Il cadavere dovrà pur essere da qualche parte!».

Più flemmatico, l'uomo di Londra mormorò:

«Che non si trovi il cadavere, passi... Ma l'auto?... A proposito, poco fa ho visto una lettera del garage: chiedono che la macchina venga ripagata... Cinquantamila franchi...».

«Gliene dia ventimila! Non vale di più... Anzi, non gli dia un bel niente... Dovrebbe essere l'assicurazione a coprire il rischio...».

Non erano affatto allegri quei signori. Avevano concluso l'inventario di tutti i documenti trovati all'Hôtel de Castiglione. Non avevano trascurato nulla, nemmeno la collezione di francobolli, che nel pomeriggio era stata affidata a un esperto.

Uno degli interrogativi più difficili da risolvere era capire se Loëm avesse o meno con sé una grossa somma di denaro al momento della scomparsa. Infatti, oltre ai numerosi conti in banca, nello stesso mobile in cui conservava i francobolli il finanziere teneva sempre una certa quantità di contanti.

Avevano trovato dieci banconote da cinquecento dollari e otto da mille franchi. Müller, che andava e veniva con il passo felpato dell'impiegato modello, non era in grado di dire se di solito l'armadietto conteneva una somma superiore.

La sua sorte era già stata decisa. Era stato prenotato un posto a suo nome sul piroscafo delle Messageries Maritimes del 12 luglio per la Cina.

Non veniva radiato dalla società, ma solo allontanato. Se temporaneamente o per sempre, soltanto quei signori potevano saperlo, o deciderlo in seguito.

Era capitato qualche volta che incontrassero nell'atrio uno straniero dalla carnagione olivastra, che parlava con un forte accento, ma non si erano neppure chiesti chi fosse. Era loro ferma intenzione ignorare Staori e sua figlia che, a Berlino, passava il tempo al fermo posta in attesa di notizie.

«Ci pensi bene prima di rispondere! È sicuro che questa Dora non possa nuocere in alcun modo alla società?» avevano domandato a Müller con un tono che rivelava tutta la gravità della situazione. «Non potrebbe essere venuta a conoscenza di qualche documento nel suo ufficio? E lei non le ha fatto qualche incauta confidenza?».

«Le avevo detto della relazione di Loëm solo perché lui la guardava sempre con un certo disprezzo, ma a parte questo...».

«Ci pensi bene! Stasera ci darà la risposta...».

Ma Müller non aveva bisogno di aspettare.

«No!».

Quei signori sapevano che era sincero, e non avevano niente da temere su quel versante. Dunque, Müller poteva andare in Cina e ci si poteva tranquillamente dimenticare di quei piccoli intrallazzatori di Staori e sua figlia.

«Domani, Gade, lei si occuperà di quella donna!».

La donna in questione era Lucile Boisvin.

«Prima di vederla, però, andrà al municipio del suo arrondissement a informarsi del ragazzino...».

C'era aria di temporale. Il cielo si era rannuvolato. Dietro le finestre aperte le tende si gonfiavano e ovunque si accendevano già le luci.

I tre uomini, invece, sprofondati in poltrona, continuavano a fumare nella penombra, ovattata come i loro discorsi.

Il taxi si fermò davanti al Jour, sugli Champs-Élysées, nell'attimo in cui le prime gocce di pioggia, grosse come monete da cento soldi, cominciavano a martellare l'asfalto. Nello stesso istante una folata di vento spazzò il viale, facendo volare via i cappelli di alcuni passanti, mentre rasoterra turbinava una polvere sottile.

Lucas restò in macchina, da dove poteva osservare i tavolini del Fouquet's.

«Vai!...» disse al Sorcio.

A un tavolino all'angolo aveva riconosciuto uno dei suoi giovani ispettori, la cui fotografia non era mai apparsa sui giornali e che quindi non era ancora bruciato, ma ciò non toglie che fosse preoccupato.

I clienti, disturbati dal temporale, indietreggiavano per mettersi al riparo sotto il tendone. Ne risultava una gran baraonda, un parapiglia in mezzo al quale il Sorcio, con il suo giornale in mano, rischiava di passare inosservato.

Mai il vecchio barbone aveva trascinato in modo così accentuato la gamba sinistra. E se si chinò a raccogliere una cicca già bagnata fu per un istinto che aveva del miracoloso, o per abitudine.

Che fare? Sapeva che il commissario aveva preso tutte le precauzioni del caso. Non aveva altra scelta che aggirarsi tra i tavolini e sperare che, come due giorni prima con Lognon, gli assassini ritenessero più prudente non manifestarsi.

Aveva anche pensato di tenere il giornale in modo che non si riuscisse a leggere il titolo, ma con Lucas un trucchetto del genere non avrebbe funzionato.

Ancora pochi metri... Era un po' come essersi gettato in mare... Puntò verso i tavolini e attaccò una prima volta:

« Non avrebbe due franchi per mezzo litro di vino... ».

Ma, su tre tavoli, non racimolò nemmeno un franco: a dimostrazione del fatto che, soprattutto in quel mestiere, ciò che conta è il tono! La gente, è vero, si preoccupava più che altro del temporale e di come tornare a casa se avesse continuato a piovere. Il ragazzo del Fouquet's aveva il suo bel daffare a fermare i taxi liberi, che si affrettavano a tirare su la capote.

« Non è che avrebbe due franchi per... ».

Scrutava i clienti e, a volte, si ritraeva con un moto involontario, quasi temesse di ricevere un colpo in testa, com'era successo a Lognon.

Perché no? Se avessero voluto semplicemente toglierlo di mezzo per impedirgli di parlare?

« Chiedo scusa, signori... Quaranta centesimi per un povero barbone che non beve da due giorni... ».

Stavolta li ottenne i suoi quaranta centesimi. Aveva individuato il giovane ispettore, privo dell'eleganza dei frequentatori abituali del locale. Ma era uno della polizia o uno degli assassini?

Era quasi arrivato in fondo. Una volta in avenue George V, sarebbe stato fuori dal campo visivo di Lucas, e si sarebbe messo in salvo accelerando il passo.

A un tavolino erano seduti due uomini. Lasciarono che il vecchio si avvicinasse senza prestargli la minima attenzione. Lì accanto c'erano alcune persone in piedi che aspettavano un taxi. Il Sorcio stava per tirare dritto.

Fu questione di un attimo! Avvenne tutto così in fretta

che il vecchio non ci si raccapezzò. Era la prima volta che gli mettevano le manette e gli fece un'impressione sinistra sentire lo scatto della serratura intorno ai polsi e un violento strattone ripercuotersi lungo il braccio.

« Polizia! » si era limitato a dire uno dei due uomini allontanando la folla.

Trascinarono letteralmente via il vecchio che, in preda al panico, si guardava intorno alla disperata ricerca di una protezione qualsiasi.

Pochi secondi dopo aveva attraversato il marciapiede e veniva sbattuto sul sedile posteriore di un'auto, la cui portiera si richiuse.

Uno dei due uomini si sedette alla sua destra, l'altro alla sua sinistra. L'auto si allontanò e i clienti del Fouquet's si dimenticarono in un batter d'occhio dell'incidente.

Solo una donna, che doveva aver fatto alcune comparsate al cinema, mormorò:

« Che brutalità, però! ».

8
LA NOTTE AL TELEFONO

L'acqua scorreva sull'asfalto degli Champs-Élysées, nel quale si rifletteva un cielo plumbeo come una pozzanghera. Niente più colori né sfumature, solo bianco e nero: sagome nere che correvano sulle sponde del marciapiede, auto nere che fluivano sul fiume della carreggiata.

L'uomo seduto alla destra del Sorcio, quello che gli aveva messo le manette ai polsi, si chinò in avanti ad aprire il vetro che li separava dal conducente e disse semplicemente:

«Vai, Lili! Non fermarti!».

Un agente aveva appena dato il segnale di stop alla rotonda. L'auto sfrecciò via e lo si sentì fischiare tre o quattro volte in un modo che voleva essere imperativo, ma risultò comico per via dell'acqua che era entrata nel fischietto.

«Il lungofiume, Lili!...».

L'uomo era bruno, tarchiato, muscoloso, con un naso schiacciato da pugile. Calmo come se stesse giocando a carte, teneva la situazione sotto controllo: guardava avanti, alle sue spalle, sbirciava il barbone che aveva tentato due o tre volte di girarsi.

«Di' un po', nonnetto! Non sarai mica venuto in compagnia?».

Lili, l'autista, avrà avuto diciannove anni al massimo. Di fronte al Louvre rallentò e chiese istruzioni.

«Vai avanti!... Esci da Parigi da dove ti pare...».

L'uomo dal naso schiacciato fissò il Sorcio con insistenza, poi si voltò a osservare le macchine che avevano dietro.

«Mi hai sentito? Ti ho chiesto se sei venuto solo...».

«Ma certo!».

«Mi sa tanto che è una balla!».

In realtà il Sorcio ascoltava a malapena, rispondeva automaticamente, ansioso com'era di stabilire subito il da farsi. Era arrivato il momento in cui si giocava la sua sorte: ne andava non solo della canonica, ma forse della sua stessa pelle.

L'auto sbandò, sfiorò un tram, slittò sul selciato di place du Châtelet e si rimise in carreggiata per miracolo. Lili continuava a guidare imperturbabile e il pugile rifletteva.

«Non vedo nessuno» mormorò il compare di Naso Schiacciato dopo aver scrutato a lungo dal lunotto posteriore.

«Non smettere di controllare... E quel taxi?».

«Viene da rue de Rivoli».

«Sei sicuro?».

«Sì. L'ho visto sbucare dalle parti della Samaritaine...».

Il commissario Lucas li stava seguendo o no? Questa era la prima domanda che il Sorcio si poneva. Dopodiché bisognava capire che cosa convenisse dire. Che la polizia aveva teso una trappola e il vecchio, senza saperlo, aveva fatto da esca?

Pericoloso. Il tizio alla sua destra era un duro, che non avrebbe certo esitato a ricorrere alle maniere forti. Avevano attraversato Parigi a una velocità record e stavano per raggiungere porte d'Italie. Se quei tre pensavano di essere seguiti si prospettava un inseguimento sulla carreggiata scivolosa, con sparatorie da una parte e dall'altra...

«Sei sicuro che non c'erano sbirri lì intorno?».

«Io non ne ho visti!» ribatté il Sorcio con tutto il candore di cui era capace.

L'altro sembrò credergli. Grugnì:

«La vedremo!».

Poi, rivolto a Lili:

«Continua ad andare! Fai il giro di Parigi e rientra da Saint-Denis o Pantin...».

«Mi fanno male le mani!» si lamentò il barbone, indolenzito dalle manette. «Non siete della polizia?».

«Non fare il finto tonto, brutta carogna!».

Alberi, campi, sotto la pioggia battente. L'alsaziano rivolse uno sguardo intenerito a una mucca ferma sul ciglio della strada.

Dell'uomo alla sua sinistra non aveva troppa paura. Oltretutto aveva l'impressione di averlo visto spesso sugli Champs-Élysées.

Al contrario del pugile, era grosso e pesante, con i capelli radi, e vestiva con una ricercatezza da gentiluomo decaduto che gli era valsa il soprannome di Conte. Sembrava a disagio quanto il Sorcio, e ogni volta che si girava verso l'interno dell'auto l'altro lo richiama all'ordine:

«Guarda dietro!».

«A quanto pare nessuno ci segue...».

«Tu, rispondi!».

Naso Schiacciato si accingeva a occuparsi seriamente del Sorcio. L'auto continuava a correre. La schiena di Lili, il quale si stava accendendo una sigaretta con l'accendisigari, non si muoveva.

«Il portafogli...».

«Quale portafogli?».

Il vecchio non aveva ancora preso una decisione. Per prima cosa avrebbe dovuto sapere se Lucas era dietro oppure no. Ma come sarebbe stato possibile seguire, con un semplice taxi, un'auto che era schizzata via, in barba a ogni articolo del codice della strada, e adesso filava a una velocità di cento chilometri all'ora sull'asfalto lucente come uno stagno?

« Senti un po', Fred! » fece la voce di Lili, che parlò senza voltarsi.

« Dimmi! ».

« E se lo portassimo a spasso ancora per una mezz'oretta prima di tornare in città?... Capisci?... In caso passassimo alle maniere forti con il vecchio e dovessimo sbarazzarcene... ».

Aveva parlato in un tono di voce naturale, con la sigaretta incollata al labbro inferiore. Dopo averci pensato su un attimo, il suo compare approvò.

« D'accordo!... ».

Il Conte sembrava nervoso, gli altri due invece erano perfettamente calmi e quello che rispondeva al nome di Fred pizzicò a un tratto il braccio del vecchio barbone e disse:

« Dov'è il portafogli? ».

« Le giuro... ahi!... ».

« Non hai ancora capito, eh?... Credi che ci berremo la tua sceneggiata?... Tanto per cominciare, come mai non sei venuto prima?... ».

« Non lo so... ».

« Non avevi letto l'annuncio? ».

« No! ».

« Sei stato tu a spifferare tutto all'ispettore? ».

« A Lognon? Neanche per sogno! Si sbaglia di grosso se pensa una cosa simile... ».

Dietro non si vedevano macchine... Adesso faceva buio. E lo spicchio di paesaggio in movimento illuminato dai fari non aveva niente di rassicurante.

Da quando Lili aveva parlato il Sorcio non riusciva a scacciare un'immagine dalla testa: vedeva l'auto fermarsi da qualche parte, di preferenza vicino a un boschetto. E Fred, con l'aiuto di Lili, che buttava il suo corpo tra i rovi, dove ci sarebbero volute settimane prima che lo trovassero.

Non era così che si erano sbarazzati di Loëm? E non capita spesso di leggere sul giornale di vecchi ritrovati in quel modo nei boschi?

Il Sorcio aveva una paura tremenda, eppure non riusciva a rassegnarsi all'idea di rinunciare per sempre alla sua canonica.

«Che cosa ne hai fatto del portafogli?».

«Io non c'entro!» ribatté. Nello stesso istante l'altro lo pizzicò a sangue.

«Mi fa male!» piagnucolò. «La smetta, la supplico...».

Si voltò istintivamente verso il Conte, intuendo che da parte sua c'era un certo imbarazzo, forse addirittura pietà.

«Glielo dica lei di stare buono, per favore! Se sapessi qualcosa, parlerei. È più di una settimana che tutti mi perseguitano con questa storia... Ma vi giuro che vi sbagliate!... Perché un povero vecchio come me dovrebbe mentire?».

Ogni volta che scorgeva un paese, o una macchina, aveva un tuffo al cuore. Sfiorava gente libera! Sarebbe bastato un nonnulla, un guasto, una sosta per fare benzina...

Il Conte doveva aver rivolto al suo compagno uno sguardo di vago rimprovero, perché Fred disse semplicemente:

«Ti dico che l'ho riconosciuto! Non penserai che mi lasci infinocchiare da un caprone del genere! Lili!...».

«Sì!...».

«Fila a casa... Potremo parlare con più tranquillità...».

Si sistemò comodamente nel suo angolo di sedile, si accese una sigaretta e da quel momento si limitò a buttare lì una mezza frase di tanto in tanto.

«Pensaci... Non c'è fretta... Ma ficcati in testa che prima o poi dovrai parlare...».

Un lungo silenzio. Rientravano a Parigi da porte de Charenton. Il Conte continuava a tenere d'occhio la strada dal lunotto ed evidentemente Fred rifletteva, perché chiese al suo compagno:

«Sei sicuro di non aver visto qualche sbirro conosciuto dalle parti del Fouquet's?».

«Te l'avrei detto...».

«Sarà...».

Ma Fred non era soddisfatto. Era imbronciato, sembrava rimuginare uno spiacevole sospetto. Una volta in città, si mise a sorvegliare la strada di persona, ordinò di fare un paio di deviazioni, finché la macchina non si fermò in cima a rue Blanche.

«Tu pensa alla macchina, Lili!».

«Ricevuto!».

«E tu, provati solo a gridare che...».

A mo' di avvertimento, Fred affondò mezzo centimetro di lama del coltello nella coscia del vecchio.

Lili abbandonò la macchina, rubata quella sera stessa di fronte a un cinema di rue du Colisée, in boulevard Rochechouart. Poi, sotto una pioggerellina fine fine, che pareva volesse durare tutta la notte, tornò tranquillamente a piedi in rue Blanche, e si piazzò in un bar all'angolo della strada, da cui poteva tenere d'occhio il portone dell'edificio in cui erano entrati gli altri tre.

Il Sorcio era completamente nudo e sembrava che fosse lì lì per scoppiare in singhiozzi.

L'appartamento era composto di due locali e un bugigattolo che fungeva da cucina. Il Conte aveva preso pane e prosciutto da una dispensa, e mangiava fingendo di disinteressarsi di quanto stava accadendo.

Nonostante la pioggia, faceva ancora caldo e, dato che avevano dovuto chiudere le finestre, Fred si era tolto la giacca. Aveva esaminato ogni singola cucitura dei vestiti del barbone con l'acribia di un esperto della Scientifica, arrivando addirittura a incidere le suole delle scarpe e a staccare i tacchi.

Nella stanza pochissimi mobili: un letto, un tavolo, alcune sedie, un armadio a specchio. Accanto c'era un salottino con poltrone rivestite di un tessuto stinto e un tappeto sudicio. Evidentemente l'appartamento doveva essere stato affittato già ammobiliato.

Sul comodino una sveglia segnava le undici e dieci. Fred si alzò dalla sedia con un sospiro e si avvicinò al Sorcio, che sollevò un braccio per parare il colpo ma non fece in tempo a schivarlo. L'altro gli aveva già sferrato un pugno in pieno volto, facendogli sanguinare il naso e gonfiandogli la palpebra sinistra.

«Quanto sei cocciuto!... Fin dove dovremo arrivare perché tu capisca?... Spiegaglielo tu, Conte, che non abbiamo mica lavorato per lui!... Il portafogli!».

Alzò di nuovo il pugno. Alla vista del proprio sangue il vecchio si sentiva svenire.

«Aspetti... Le dirò tutto...».

«Alla buon'ora!... Avanti!...».

«Ecco... Il fatto è che... Non so dov'è...».

«Cosa?».

«No!... Aspetti... È la verità... In questo momento non so dov'è... Non osavo tenerlo in tasca, dato che dormo ogni notte in guardina e ogni tanto mi perquisiscono...».

«Dov'è?».

«Sotto... sotto il sedile di un autobus che va all'ippodromo...».

Fred aggrottò la fronte e il Conte smise di mangiare.

«Quale autobus?».

«Domani ve lo faccio vedere...».

«Per la miseria! E secondo te ce la beviamo? Razza di farabutto! Adesso ti sciolgo io la lingua...».

Il Sorcio non ne poteva più. Ce l'aveva con Lucas che lo aveva raggirato senza tanti complimenti, e che lo lasciava in balia degli assassini.

«Aspetti!... Le do la mia parola d'onore che è la verità... È un autobus azzurro, di quelli vecchi, sta al deposito di porte Maillot... Ha una cicogna disegnata sul cofano...».

«Ce l'ho presente» disse il Conte.

«Sicuro? Allora fila a porte Maillot... Inventati una balla da raccontare al custode...».

Sollevato, il Conte prese il cappello e si avviò alla porta.

« Un momento! » esclamò il Sorcio, terrorizzato all'idea di restare solo con l'energumeno.

« Che altro c'è? ».

« Il portafogli è vuoto... O quasi... ».

« Stai scherzando! ».

Non gli credevano. Il Conte, con il cappello in testa e la mano sulla maniglia, masticava nell'attesa l'ultimo boccone del panino.

« Che ne hai fatto del contenuto? ».

« L'ho portato agli Oggetti smarriti... ».

« Agli Oggetti smarriti... ».

Fred non si capacitava, aggrottò la fronte, si alzò, pronto a colpire di nuovo, ma intervenne il Conte.

« Aspetta... Forse dice la verità... ».

« Che parli, allora! ».

« Non osavo tenere tutti quei soldi... Mi avrebbero arrestato... Ho fatto credere alla polizia di averli trovati... Così, se nessuno li reclama entro un anno... ».

Amen! A quel punto doveva salvare la pelle! Evitare altre botte e lasciare quella stanza da cui temeva che non sarebbe mai uscito vivo...

Eppure, nonostante tutto, dentro di sé rimuginava ancora dei pensieri reconditi. I malviventi non si sarebbero certo azzardati a presentarsi agli Oggetti smarriti per ritirare il denaro! Chissà se...?

« Insomma ti decidi a vuotare il sacco una volta per tutte? » brontolò Fred, che forse ne aveva abbastanza anche lui.

« Giuro che vi dirò tutta la verità! ».

« Tieni! Infilati i pantaloni... Non ti si può guardare per quanto sei brutto!... ».

Gli lanciò i vestiti e si avvicinò, non per picchiarlo, ma per togliergli le manette.

« Sia ben chiaro che non la passerai liscia!... Pulisciti il naso... Conte!... Dagli un asciugamano umido... ».

Il Sorcio pensava, a torto, che fosse arrivato il momento di rimettersi a fare la commedia e, un po' più a suo agio dopo essersi rivestito, mormorò:

«Se mi aveste detto subito che eravate dei gentlemen e che...».

«Bando alle ciance! Parla!... Cos'è che hai consegnato agli Oggetti smarriti?».

«I dollari, infilati in una busta...».

«Tutti?».

Fu tentato di barare ma lo sguardo di Fred glielo impedì.

«... Meno una banconota per ogni taglio... Capisce?... Così, se qualcuno fosse venuto a reclamare i soldi, avrebbe dichiarato l'ammontare sbagliato e non gli avrebbero consegnato la busta...».

Qui rivolse all'altro una patetica strizzatina d'occhio. Inutile, non attaccava.

«E del resto, che cosa ne hai fatto?».

«Quale resto? C'erano solo una fotografia e tre biglietti del luna park... La fotografia me l'ha rubata l'ispettore Lognon... Anzi, è proprio da lì che è cominciata tutta la storia...».

«E la lettera?».

«Non c'era nessuna lettera... Le giuro che la busta era vuota, e stavolta sono sincero...».

«L'hai buttata via?» esclamò Fred, assalito da un'ansia improvvisa.

«No... È sempre nel portafogli...».

Fred prese il Conte in disparte, gli parlò brevemente a voce bassa e il Conte uscì, lasciando i due uomini a tu per tu.

Il Sorcio cominciava a riprendersi d'animo e pensava a come approfittare della situazione.

«Le dirò una cosa... Se promette di non picchiare più un povero vecchio che non ne ha per molto...».

Fred non ascoltava. Aveva scostato la tenda e guardava in strada, da dove saliva il rumore monotono della pioggia.

«A proposito dei dollari... A questo punto, ormai sono

persi per tutti... Io, però, tra un anno potrò ritirarli, e se me ne garantite una piccola parte... Quanto basta per potermi comprare una casetta al mio paese, ora che la polizia mi sta addosso... ».

Fred non diceva una parola, ma continuava a guardare fuori. Dietro la vetrata del bar all'angolo scorgeva la sagoma di Lili che faceva il palo. Era sempre calmo, con appena un'ombra di inquietudine nello sguardo.

« Quando avrai finito di parlare a vanvera... » sospirò.

« Come vuole... Dicevo solo che... ».

« Piantala! » sbottò Fred esasperato.

Nonostante l'ora, proveniente da qualche parte del palazzo si sentiva risuonare un grammofono, o una radio. Il Sorcio notò solo in quel momento che sul tavolo del salotto c'era un telefono e pensò che, se fosse riuscito ad avvicinarsi, avrebbe potuto, con aria indifferente, comporre il numero del Pronto Intervento.

« Avrei bisogno di bere » disse per ogni evenienza.

L'altro gli indicò il rubinetto in cucina. Da quella parte, però, non c'erano vie d'uscita e il Sorcio dovette far finta di prendere un po' d'acqua.

Come Fred, anche Lucas si era tolto la giacca, aveva press'a poco lo stesso sguardo duro e cupo del malvivente e trattava i suoi collaboratori con altrettanta bruschezza.

Le cose non erano andate affatto come aveva sperato, ecco tutto. Aveva dovuto improvvisare, cambiare piano di battaglia, e rischiavano ancora di perdere la partita.

Tanto per cominciare, il sequestro del Sorcio al Fouquet's era avvenuto con una rapidità sorprendente. C'era, sì, un'auto della polizia nei paraggi, ma aveva avuto giusto il tempo di districarsi nella babele dei taxi.

Poi ci si era messo il temporale, quel diluvio che aveva scombussolato il traffico cittadino.

Lili, che guidava un'auto di grossa cilindrata, ne aveva approfittato, indifferente al rischio di investire un pedone. L'utilitaria della Polizia giudiziaria non era certo in grado di sostenere una simile andatura.

Motivo per cui Lucas non si era fatto portare al Quai des Orfèvres ma in Questura.

Ed era ancora lì, in maniche di camicia, con la pipa tra i denti, nella sala operativa, al secondo piano, che è praticamente il cervello della polizia, collegata com'è tramite il telegrafo a tutti i commissariati: un pannello luminoso alla parete, accanto a un centralino telefonico, segnala qualsiasi chiamata al Pronto Intervento.

Le tre finestre che davano sul cortile erano spalancate; nell'alone di luce si vedevano ondeggiare le striature di pioggia, e ogni tanto si sentiva un'auto strombazzare sul sagrato di Notre-Dame.

Già due volte il capo della Polizia municipale, che abitava lì accanto, sullo stesso pianerottolo, e quella sera aveva ospiti a cena, aveva messo il naso dentro per sentire se c'erano novità. Il questore telefonava ogni quarto d'ora dal suo ufficio all'altro capo del palazzo.

Ormai – erano le undici e dieci di sera – l'epilogo della storia era una questione di fortuna.

Lucas aveva fatto tutto il possibile, senza tralasciare il più piccolo mezzo a sua disposizione.

Ciò che semmai si poteva rimproverargli – e se falliva glielo avrebbero certamente rimproverato – era di aver sacrificato il Sorcio non arrestando i due uomini mentre fermavano il barbone davanti al Fouquet's.

La stampa si sarebbe indignata e così pure la cosiddetta gente perbene. Solo quelli del mestiere avrebbero capito.

Da lontano, Lucas aveva riconosciuto il Conte, che era almeno alla quarta condanna. Condanne lievi, però, per assegni scoperti e truffa.

La sua presenza, anzi, aveva lasciato perplesso Lucas, il quale credeva di conoscere il personaggio e non ce lo vedeva coinvolto in una faccenda in cui sembrava esserci di mezzo un morto.

Per l'altro la questione era diversa, anche se in Francia non aveva nessuna condanna al suo attivo. Fred, che doveva essere di origini siciliane, aveva lavorato quattro o cinque anni in America, all'epoca del contrabbando di alcolici, e da quando era a Parigi, a parte i modi e le frequentazioni, non gli si poteva rimproverare niente di preciso.

Arrestare quei due nel momento in cui ammanettavano il Sorcio? E poi? Erano entrambi tipi da tenere la bocca chiusa. Nella migliore delle ipotesi gli sarebbe stata inflitta una condanna a tre mesi per usurpazione di funzioni pubbliche.

Il Sorcio nascondeva qualcosa! Per dirla tutta, sotto sotto Lucas pensava che, per far parlare il vecchio, i due malviventi disponevano di mezzi a cui un commissario della Polizia giudiziaria come lui non era autorizzato a ricorrere.

Come diceva un famoso questore, per fare il poliziotto ci vuole un bel po' di pelo sullo stomaco.

Nell'architettare quel piano, Lucas non poteva prevedere che il temporale sarebbe scoppiato giusto in tempo per impedire ai suoi uomini di mettersi alle costole dell'auto.

Per il resto, era stato tutto perfettamente predisposto e non a caso il commissario aveva sistemato il suo posto di comando in quella sala a cui facevano capo tutte le linee telefoniche e telegrafiche.

Per prima cosa, in meno di tre minuti il numero di targa dell'auto era stato trasmesso a tutta la polizia francese, cosicché, nel giro di un quarto d'ora, il commissariato del XIII arrondissement ne segnalava il passaggio a porte d'Italie.

Alle otto e mezzo un ispettore montava la guardia nella hall di un hôtel di avenue de Wagram, dove il Conte aveva una camera in affitto a settimana.

Nei bar degli Champs-Élysées e dell'Étoile altri due ispettori interrogavano il personale a proposito di Fred, e un brigadiere entrava nel palazzo di rue Blanche e si sedeva su un gradino della scala, un piano sopra l'appartamento del siciliano.

La gendarmeria di Villeneuve-Saint-Georges segnalò per due volte il passaggio dell'auto, che evidentemente aveva girato in tondo da quelle parti. Inadeguata a una simile impresa, l'utilitaria della polizia era rientrata alla base e rimaneva in attesa con l'autista al volante e i quattro uomini all'interno dell'abitacolo.

Tutti i commissariati di Parigi avevano ricevuto la descrizione dell'auto e dei suoi occupanti. Non c'era agente sulla pubblica via che non scrutasse i passanti.

E, in venti commissariati, venti cellulari erano anch'essi in attesa, pieni di poliziotti.

«Ancora niente, signor questore. Sono dalle parti di Villeneuve-Saint-Georges e sembra che abbiano intenzione di rientrare a Parigi...».

Se fossero andati più lontano, le gendarmerie erano in stato d'allerta, e così pure i comuni dei dipartimenti della Senna, di Seine-et-Oise e Seine-et-Marne.

Lucas non aveva mandato giù nemmeno un panino. Anche a lui era venuta in mente la possibilità che i malviventi gettassero il corpo esanime del Sorcio in un roveto.

A quel punto era un rischio da correre. Il commissario non poteva fare niente di più di quello che aveva fatto.

Sapeva che in quel momento Staori era in un teatro dei Grands Boulevards in compagnia del suo compatriota e della moglie di quest'ultimo, una donna stupenda.

Quanto ai signori di Basilea, uno era a letto: Oosting. Quello di Londra era in un pub di rue Daunou dove, contro ogni aspettativa, si dedicava in solitudine ai piaceri del whisky. Buccia d'arancia, invece, si era concesso nientemeno che una poltrona in prima fila alle Folies-Bergère.

La cosa non strappò nemmeno un sorriso al commissario, il quale spinse le precauzioni fino ad accertarsi che Lord Archibald Landsburry si fosse effettivamente recato a un ricevimento all'ambasciata del Giappone.

... Il tutto bagnato dalla stessa pioggia che sembrava sempre più determinata a non dare tregua, una pioggia che all'aperto rinfrescava un po' l'aria, ma ricacciava il caldo degli ultimi giorni nelle case dei parigini, che non riuscivano a prendere sonno.

A un tratto ci fu un profluvio di telefonate, le luci si accesero una dopo l'altra, al punto che bisognò prendere le comunicazioni su tre apparecchi diversi e il capo della Polizia municipale lasciò i suoi ospiti per affiancare Lucas.

Picpus fu il primo ad annunciare che l'auto era appena rientrata a Parigi da porte de Charenton; poi il commissariato dei Quinze-Vingts ne segnalava il passaggio a velocità moderata, in avenue Daumesnil. Quindi, l'uno dopo l'altro, la Folie-Méricourt e il commissariato dell'ospedale Saint-Louis.

Dunque l'auto risaliva verso Montmartre. Nessun agente era stato in grado di dire se all'interno, oltre al conducente, c'erano altre tre persone vive.

In compenso, l'ultima telefonata proveniva dal brigadiere Janvier, quello di guardia sulle scale in rue Blanche. In sottofondo si udiva la musica di un grammofono.

« Sono nell'appartamento di sopra, » disse « da una signora molto gentile... Ho messo un po' di musica per non farmi sentire di sotto... Pronto!... Ci siete?... Sono tornati... L'auto se n'è andata con il conducente... Adesso scendo al pianerottolo... Mandate qualcuno! ».

Già chiamavano da Rochechouart.

« L'auto è stata ritrovata, abbandonata, dalle parti di place d'Anvers. Che cosa ne dobbiamo fare? ».

Lucas rispose al questore che telefonava dalla sua abitazione:

« La spunteremo, ne sono certo! ».

Non mangiava dall'una del pomeriggio. Bevve la bottiglia di birra di uno dei centralinisti che si portava sempre dietro qualche provvista per la notte.

« Un cellulare all'angolo di rue Mansart e rue Blanche... » ordinò. « Un altro all'angolo di rue Moncey ».

Così sbarravano il tratto di rue Blanche, intrappolando i malviventi.

Lucas aveva appena dato l'ordine quando il brigadiere Janvier richiamò.

«Il tipo grande e grosso è uscito or ora... Il vecchio è rimasto solo con Fred...».

Stavolta superarono se stessi. Per ogni evenienza, Lucas ordinò al commissariato di Saint-Georges di mandare un taxi *fidato* nei pressi della casa. Il taxi era talmente fidato che un ispettore in borghese, con un berretto al posto del cappello, si sedette accanto al conducente come fosse un amico.

Grazie alla pioggia, che faceva confluire i taxi intorno ai teatri, arrivarono in tempo per farsi fermare dal Conte.

«Porte Maillot!» annunciò, prima di accorgersi che c'era qualcuno di fianco al tassista.

Ciononostante, fino alla fine la partita non poteva dirsi vinta. Un ispettore, incaricato nel pomeriggio, per ogni evenienza, di tenere d'occhio i signori di Basilea, telefonò, tutto fiero della propria scoperta, per comunicare che Gade, il tizio dalla pelle granulosa, si era fatto agganciare durante l'intervallo alle Folies-Bergère da un procacciatore che gli aveva promesso danze lascive in un locale vicino al teatro e lo aveva condotto in un ben noto bordello.

«Andiamo bene!» mugugnò Lucas.

«Continuo?».

Nessuna risposta! Il commissario era già a un altro apparecchio.

«Pronto! È appena entrato in un deposito a porte Maillot. Che cosa devo fare?».

«Rimani là. Dopo che se n'è andato chiedi al custode che cosa voleva...».

In casi simili i minuti sembrano ore. Tanto più che Janvier non si faceva vivo!

«Pronto!... Sono ancora io... È andato via, si fa riportare in rue Blanche... Perciò ho pensato che non fosse necessario riaccompagnarlo...».

Si trattava sempre del Conte. La telefonata proveniva da porte Maillot.

«Il custode è qui con me... Dice che quel tizio ha chiesto di vedere un autobus che fa servizio all'ippodromo e ha una cicogna sul cofano... ».

« ... ».

« Quell'autobus è stato mandato due giorni fa a Vichy per la stagione estiva, come tutti gli anni... ».

« ... ».

« Che devo fare? ».

Lucas aveva già riattaccato e faceva chiamare il commissario speciale di Vichy.

« Quando sarà in linea digli di confiscare l'autobus azzurro con una cicogna sul cofano e di mettergli i sigilli... » ordinò voltandosi verso uno dei suoi collaboratori.

Si infilò la giacca, prese il cappello.

« Tu e tu... Sì, due uomini con me, in rue Blanche... ».

La macchina li aspettava nel cortile e gli agenti di guardia spalancarono il portone a due battenti che dava sul sagrato di Notre-Dame.

Durante i sette minuti del tragitto sul selciato umido Lucas sembrò sonnecchiare.

9
LE PEREGRINAZIONI DELLA SIGNORA LOGNON

Uno dei telegrafisti, uscendo dalla sala per andare al gabinetto, scorse sul pianerottolo una donna dall'aria sperduta. Quella era l'impressione che dava la signora Lognon con il suo tailleur fradicio, il cappello sformato dalla pioggia, lo sguardo spaurito.

« Cerca qualcuno? » chiese il telegrafista.

« Il commissario Lucas, per cortesia? ».

« Probabilmente l'ha incrociato. È appena uscito... ».

Il telegrafista passò oltre e lei rimase lì, impalata, in cima alle scale. Da più di mezz'ora la poveretta vagava per i locali deserti della Questura, percorrendo chilometri di corridoi fiocamente illuminati, passando davanti a uffici dalle porte numerate in cui non c'era nessuno.

In portineria, quando avevano saputo chi era, le avevano detto:

« Prenda la terza scala a sinistra in fondo al cortile, dietro la palizzata... ».

Doveva aver sbagliato scala! E quando, dopo tanto girovagare, incontrava finalmente un essere umano, quello si eclissava senza tanti complimenti.

« Mi raccomando, consegnagli la lettera di persona » le aveva detto suo marito.

Certo che avrebbe anche potuto scegliere una serata migliore per farsi venire l'ispirazione! Per tutto il giorno aveva impedito a chiunque di rivolgergli la parola, trincerandosi dietro una semplice frase:

« Sto pensando! ».

Già questo era bastato per mettere la signora Lognon di cattivo umore. Almeno avesse pensato in autonomia, suo marito! Invece ogni secondo aveva bisogno di qualcosa: una matita, un pezzo di carta, il giornale del giorno prima, quello di due giorni prima, l'elenco del telefono che la moglie era dovuta andare a prendere in un caffè...

Poi, un attimo prima che scoppiasse il temporale, ecco che annuncia:

« Devi andare da tuo fratello... ».

« Da Francis? ».

Proprio così! Da Francis, che faceva il maestro e abitava a Issy-les-Moulineaux.

« Devi farti prestare il volume della lettera L del Grand Larousse... ».

« È proprio indispensabile? ».

« Come la vedi una promozione alla Polizia giudiziaria? ».

Dal momento che il padre non tollerava il minimo rumore, la signora Lognon affidò il bambino a una vicina.

« La botta in testa lo ha reso ancora più insopportabile » confidò al fratello, intento ad avvolgere il volume in tre strati di carta.

E tutto perché Lognon lo consultasse giusto cinque minuti prima di mettersi a scrivere la lettera.

« Non svestirti... Devi andare alla Polizia giudiziaria... Chiedi del commissario Lucas e consegnagli questa lettera... Se non c'è, fatti dare il suo indirizzo... ».

E poco importava che il figlio fosse andato a letto senza cena! Alla Polizia giudiziaria Lucas non c'era, ma le diedero il suo indirizzo, dalle parti di porte de Versailles!

Anche là, niente commissario, ma in compenso era scoppiato il temporale. Poi di nuovo alla Polizia giudiziaria e infine in quell'infernale Questura dove tutti i corridoi si assomigliavano e ogni scala portava nel medesimo labirinto.

Stavolta la signora Lognon era arrivata al limite della pazienza e si sedette sul secondo gradino per far riposare le gambe.

Un quarto d'ora dopo era ancora lì. Senza farlo apposta, tendeva l'orecchio ai telefoni che squillavano. Poi riuscì a captare delle voci, ma non si sforzò di capire quello che dicevano.

Fu salvata da un caso. Per uscire, anziché passare direttamente dalla scala riservata, il capo della Polizia giudiziaria era sceso da quella del Pronto Intervento. Aprendo la porta, scorse quella donna seduta e si accigliò.

« Che ci fa qui, lei? ».

« Ho una lettera urgente per il commissario Lucas ».

« La dia a me. Sto giusto andando da lui... ».

Ma lei scosse la testa.

« Mio marito, l'ispettore Lognon, mi ha raccomandato di consegnargliela personalmente... ».

Il capo della polizia alzò le spalle e borbottò:

« Venga con me!... ».

Lucas, infatti, gli aveva telefonato per dirgli che era alla Polizia giudiziaria, al Quai des Orfèvres, *con i gaglioffi*.

E, ansioso di avere notizie, il questore aveva spedito là il capo della polizia a dare un'occhiata.

Benché fosse l'ora dell'uscita dai teatri e dai cinema, si erano accorte di qualcosa sì e no dieci persone. Va detto che quel tratto di rue Blanche è piuttosto deserto.

I principali testimoni furono i tre uomini che giocavano a carte con il proprietario del baretto in cui Lili faceva il palo. A un certo punto, il giovane si era alzato per chiudersi nella cabina del telefono. Ma attraverso il sottile tramezzo si sentiva tutto.

«Pronto! Sei tu, Fred?... Occhio!... Gli sbirri!... Me la batto?...».

Mentre parlava, due ispettori si erano infilati in silenzio nel bistrot e, fatto segno agli avventori di tacere, si erano messi in ascolto dietro la porta.

«Hanno mandato un cellulare, sì! Mi sa tanto che il Conte ci ha tradito... Sì... Va bene!... Conta su di me...».

Come aprì la porta, al primo sguardo capì la situazione e fece un balzo in avanti, travolgendo un ispettore.

L'altro, però, gli si tuffò addosso e lo afferrò per il piede sinistro mentre Lili, dopo essersi frugato rabbiosamente in tasca, ne estraeva un oggetto luccicante.

Si guadagnò una manganellata in piena faccia che gli spaccò il labbro superiore. Dopodiché fu ammanettato.

Fred, invece, che non era più un ragazzino, si comportò con maggiore dignità. Dopo la telefonata di Lili riagganciò con calma e gettò un'occhiata al Sorcio, che lo guardava incuriosito.

«Non è niente... Un amico...» disse. «Aspettami un attimo...».

Si diresse alla porta, la aprì, e al buio, senza accendere la luce e senza far rumore, anziché scendere, salì le scale. Gli sembrava di aver sentito dei rumori da basso. A mano a mano che saliva affrettava il passo ma si fermò di colpo avvertendo qualcosa di duro contro il petto: la canna di una rivoltella.

«Dove vai?» chiese una voce nello stesso istante.

«Io?... Dove vado?...».

Nel momento stesso in cui aveva pronunciato quelle parole si era reso conto della situazione e preso le contromisure.

«Accidenti, mi sa che ho sbagliato piano. Spero almeno di non averle fatto male...».

«Scendi...».

L'ispettore accese la luce e con un gesto automatico si impadronì della pistola che gonfiava la tasca di Fred.

Pochi gradini più in basso i due uomini incontrarono Lucas e due ispettori, anche loro appostati sulle scale.

Lucas aprì la porta dell'appartamento dopo aver tranquillizzato una vicina preoccupata:

«Rientri in casa... Non è niente...».

La cosa più buffa è che il Sorcio, ignaro di tutto, avendo sentito dei rumori strani, si era nascosto dietro una tenda dalla quale spuntavano solo i piedi.

«Vieni fuori, tu!».

«Siete venuti a liberarmi, finalmente!...» borbottò uscendo dal suo nascondiglio. «Era ora!... Voglio proprio sapere che faccia avrebbe fatto se non mi avesse trovato vivo!...».

«Andiamo!... Non è il caso di mettere in subbuglio tutto il palazzo, eh?».

Si aprirono giusto un paio di porte. Pochi istanti dopo, i tre uomini si ritrovarono nel cellulare, attorniati da poliziotti. Ma non partirono subito. Aspettavano. Nemmeno dieci minuti dopo, un taxi si fermò lì davanti e non appena il Conte scese fu subito scortato da due ispettori.

«Siamo al completo!» annunciò Lucas. «Al Quai des Orfèvres...».

Il commissario aveva telefonato alla Centrale, dove aveva trascorso parte della serata.

«Pronto! Appena chiamano da Vichy passatemeli... Avvisate il questore che sono qui con questi brutti ceffi...».

Fu grazie a quella telefonata che la signora Lognon venne strappata dall'immobilità della sua postazione sullo scalino. Arrivò in compagnia del capo della polizia, un omino asciutto con la barbetta, che lei non conosceva. Ancora scale, corridoi. E sempre ambienti deserti, male illuminati. Un'atmosfera da turno di notte.

Gli ispettori che avevano partecipato all'arresto avevano appeso le giacche ad asciugare e telefonato alla Brasserie Dauphine per farsi portare della birra.

« Il commissario Lucas? » chiese il capo della polizia.

« È nel suo ufficio... ».

E non era solo! Davanti a lui c'erano i quattro uomini in piedi: il Sorcio, Fred, il Conte e Lili con il labbro spaccato. Il capo della polizia si sedette in un angolo senza aprire bocca. Lucas guardò stupito la signora Lognon che era entrata dietro di lui.

« E lei che ci fa qui? ».

« Le porto una lettera da parte di mio marito... Non mi riconosce?... ».

No! Non la riconosceva e aveva altro per la testa.

« Sono la moglie dell'ispettore Lognon. Ecco la lettera... ».

Povera donna! Chissà quante gliene avrebbe dette il marito al suo rientro a casa, dopo aver saputo che il commissario stava interrogando alcuni individui in stato di fermo, tra cui il Sorcio, e a lei non era venuto in mente di aspettare!

Infatti se ne andò così come era venuta, senza fare rumore, e rischiando di nuovo di perdersi nel dedalo di corridoi!

Lucas rilesse due volte la lettera prima di passarla con gesto automatico al capo della polizia.

« Signor commissario,

« nella solitudine del mio letto di dolore, credo di aver risolto il mistero di Archibald attorno a cui fin dall'inizio mi è sembrato che ruotasse l'intera faccenda e che ne fosse, nel contempo, il punto oscuro.

« Riporto dall'Enciclopedia Larousse, edizione 1915, gentilmente prestatami da mio cognato:

« "Sir Archibald Landsburry (1824-1887), celebre botanico inglese.

« "Archibald C. Landsburry (1851-1914), figlio del precedente, vicegovernatore delle Indie, insignito del titolo di Lord nel 1903" ».

Lucas voltò il foglio, aspettandosi di trovare una lunga spiegazione. Ma l'ispettore Lognon concludeva semplicemente:

« Nella speranza che tali informazioni possano esserle utili, voglia gradire i sensi della mia massima stima e i miei più rispettosi saluti ».

Quando il capo gliela ebbe resa, il commissario posò la lettera sulla scrivania, chiamò uno dei suoi uomini e gli disse qualcosa sottovoce. Pochi istanti dopo, Fred, Lili e il Conte venivano sbattuti in celle separate nei locali della Polizia giudiziaria. Il Sorcio cominciava a preoccuparsi.

« Ti hanno picchiato? » chiese Lucas con il tono più naturale del mondo, indicando il naso ancora tumefatto del vecchio.

« Se non mi hanno ammazzato non è certo per merito suo! ».

« Bah! Tanto valeva che ci andassero più pesanti. Così, anziché in prigione, saresti finito in infermeria... ».

« In prigione? ».

« Eccome! È quel che ti meriti! Non ti ho citato proprio oggi, in questo stesso ufficio, un articolo del Codice penale a proposito della complicità in omicidio? ».

Per un attimo parve quasi che fosse finita, che il barbone stesse per vuotare il sacco. Rifletteva, con lo sguardo fisso al pavimento, ma quando alzò la testa mormorò soltanto con un sorriso:

« È inutile, non attacca! ».

« Come vuoi. Quindi metto a verbale che non hai niente da dire? ».

« Che cosa dovrei dire? ».

« Non sei stato testimone di nessun atto contrario alla legge, e non ti sei in nessun modo reso complice di manovre finalizzate a far perdere le tracce dei criminali? ».

« Sono stanco... » sospirò il Sorcio.

« Benissimo... Ti daremo un letto... ».

La sua indifferenza era voluta. Il commissario non alzava la voce. Sembrava sbrigare svogliatamente delle banali formalità.

«Janvier! Accompagni il Sorcio in una cella... Dategli un asciugamano umido per ripulirsi la faccia...».

Lucas restò un momento solo con il capo della polizia e si lasciò sfuggire un sospiro. Era sufficiente. I due si capivano benissimo. Sarebbe stata dura, durissima!

Tennero ciascuno un atteggiamento diverso. Lili, il primo a comparire davanti a Lucas, si mostrò beffardo e insolente.

«Che cosa ci facevo in macchina? Me ne andavo a spasso, perbacco! È forse proibito?».

Stesso tono per tutte le risposte!

«Archibald? E chi lo conosce? Che razza di nome è Archibald?...

«Come mi guadagno da vivere? Non le pare che sia abbastanza belloccio da cavarmela?».

Poi toccò a Fred. Dopo aver declinato le sue generalità, come professione dichiarò:

«Massaggiatore per signore e insegnante di ginnastica...».

Fred era più calmo e aveva lo sguardo penetrante quanto quello del commissario. Come a dire:

«Avanti, prova un po', che vediamo...».

La cosa più divertente fu che anche lui contribuì a quello che ormai si poteva definire il rosario dei diplomatici proclamando:

«Prima di tutto, tengo ad avvisarla che dovrà vedersela con il mio ambasciatore. Forse lei non sa che sono naturalizzato americano...».

Proprio come i signori di Basilea, che avevano mobilitato il loro rappresentante diplomatico! E come Staori, che aveva trascinato il suo al ministero degli Interni!

«Perché stasera hai prelevato il Sorcio al Fouquet's?».

«Risponderò solo in presenza del mio avvocato».

Era suo diritto! Bisognava aspettare!

Restava solo il Conte che, a dire il vero, faceva meno lo sbruffone degli altri.

«Veniamo a te, ragazzo mio» disse Lucas con tutt'altro tono. «Non ti riconosco più... Finora ti avevo preso per un figliolo intelligente, uno che, anche se a volte passava dal mio ufficio o da quello di un collega, aveva il buon gusto di non mettersi nei pasticci...».

Faceva pena vedere quel giovanottone troppo elegante chinare la testa, all'affannosa ricerca di una scusa.

«Un tipo istruito come te, uno che frequenta i bar più raffinati, mettersi con uno della risma di Fred!... E adesso stai fresco, con un cadavere sul groppo, non è così?».

«Che cos'ha detto Fred?».

«Ha spifferato tutto! Che ti aspettavi che facesse? Visto che il corpo è stato ritrovato...».

«Non è vero!».

«Che cosa?».

«Tutto quello che ha detto... E, tanto per cominciare, non può interrogarmi... Risponderò solo al giudice istruttore...».

«Come ti pare!».

Tutto secondo le previsioni. Lucas conosceva i suoi polli e, anche dopo che furono rinchiusi ciascuno in una cella diversa, continuò a stare sulle spine.

«Pronto! Non ha ancora chiamato Vichy?».

«Non ancora».

«Vado a mangiare un boccone!» annunciò ai colleghi. «E lei, capo, può riferire al questore quello che ha visto e sentito... Domattina riceverà il mio rapporto...».

Un rapporto terribilmente difficile da stendere, al quale cercò di non pensare mentre mangiava un piatto di carne fredda in una brasserie di place du Châtelet. Continuava a piovere, una pioggerellina sempre più fine e monotona. Per strada si vedevano passare gli ultimi ombrelli della notte.

Di lì a poco le strade sarebbero state deserte e profonde come canali...

«Sì, pronto! Aspetti che me lo segno. Una banconota da cinquecento dollari, una da cento, una da... E la busta?... Dice che è vuota?... Ma questo lo so, diamine!... Le sto chiedendo com'è fatta... Come tutte le buste?... Ah! È una busta vecchia... Molto vecchia, sì!... E non nota niente di particolare?... Finalmente ci è arrivato!... Ma no, commissario, non la prendo in giro... Mi dica di che colore è il francobollo... Azzurro?... Delle Hawaii?... Benissimo! È tutto quello che volevo sapere... Certo, metta tutto sotto sequestro... Ha una buona cassaforte?...».

Si voltò verso il brigadiere Janvier che faceva la notte con lui.

«Vai a prendermi il Conte!».

Gli avevano tolto la cravatta e i lacci delle scarpe, e la sua eleganza ne risentiva.

«Non sederti, non ne vale la pena... Devo solo chiederti un'informazione... Traffichi sempre in francobolli rari?... Sei tu, vero, che tre anni fa hai avuto delle grane per una storia di francobolli contraffatti di non so quale paese?».

«È stato decretato il non luogo a procedere!».

«Che vuoi che me ne importi...! Dimmi invece... Esiste un francobollo delle Hawaii, all'incirca della metà del secolo scorso, che vale un bel po'?... Rispondi!... Ma no, non sto cercando di fregarti, idiota!... Se non rispondi tu, lo farà qualcun altro...».

«C'è l'Hawaii del 1851, che vale suppergiù quattrocentomila franchi...».

«È azzurro?».

«Sì, è azzurro... Che si sappia, ne esiste al massimo una decina di esemplari, di cui pochissimi in buono stato...».

«Grazie... Puoi tornare a dormire...».

«Sono libero?».

«Ma figuriamoci! Nella tua cella... A proposito...».

L'altro aveva già la mano sulla maniglia della porta.

«Sei sicuro che non hai proprio niente da dirmi?».

Dopo un attimo di esitazione, il Conte rispose, quasi a malincuore:

« No, niente... ».

« ... la spiegazione di quel misterioso accenno ad Archibald sta tutta qui » scriveva coscienziosamente il commissario.

Erano le tre del mattino. Grosse gocce d'acqua cadevano sul davanzale della finestra. La Senna scorreva sotto nubi basse, attraverso le quali, di quando in quando, si intravedeva una luna splendente.

Janvier si era appisolato su una sedia. Sulla scrivania c'erano i bicchieri di birra vuoti.

« ... Il Conte, che ha cominciato come promotore finanziario e avrebbe potuto essere un uomo onesto, ha conosciuto Fred nei bar degli Champs-Élysées. Probabilmente un'amicizia superficiale fiorita tra un aperitivo e una partita di poker con i dadi.

« In mancanza di una confessione, dobbiamo limitarci a semplici supposizioni, ma quelle che seguono appaiono plausibili, tanto più che corrispondono al carattere dei protagonisti.

« Edgard Loëm, la cui collezione di francobolli deve valere una fortuna (dopo averla fatta valutare, il secondo dei signori di Basilea l'ha depositata in una cassetta di sicurezza in banca!), possedeva due esemplari del famoso Hawaii 1851, uno dei quali incollato su una busta indirizzata all'epoca a Sir Archibald Landsburry, il botanico inglese, che ha studiato la flora del Pacifico.

« Immagino che Loëm abbia cercato di scambiare il doppione con un altro francobollo, oppure di venderlo, mettendo un annuncio su una rivista filatelica.

« Magari è stato proprio leggendo quell'annuncio che al Conte è venuta l'idea di una truffa. È quasi sicuro, com'è sicuro che ne ha parlato con Fred.

«Da quel momento hanno cominciato a elaborare un piano. Le trattative si sono svolte tramite annunci o per via diversa (i fatti saranno verificati domani stesso). Con ogni probabilità, anziché uno scambio puro e semplice o un acquisto, hanno proposto a Loëm una transazione che richiedeva il versamento di una somma da parte sua. (Il brigadiere Janvier, filatelico a tempo perso, mi dice che esistono francobolli anche molto più quotati! Per esempio, il Penny Red del Regno Unito, valutato tra i cinquecento e i seicentomila franchi). Somma che corrisponderebbe a quella che Loëm aveva con sé mentre andava all'appuntamento. Il che corrisponde altresì alla mentalità di Fred, che deve aver avuto l'idea di richiedere una somma in dollari».

Lucas aveva caldo. Aprì porta e finestra dell'ufficio vicino, quello del capo della Buoncostume, per creare un po' di corrente.

«Il finanziere è stato ucciso sul luogo dell'appuntamento a bordo della sua auto. L'esecutore è stato quasi sicuramente Fred, ed è lecito supporre che, se era presente, il Conte non abbia approvato quel metodo. Conosco bene la sua vigliaccheria.

«Resta da stabilire se Lili faceva il palo.

«Sta di fatto che gli assassini sono stati interrotti dall'arrivo del Sorcio, il quale, in qualche modo, è entrato in possesso del portafogli».

Lucas svegliò Janvier.

«Fai un salto a prendere una bottiglia di acquavite nel bistrot all'angolo di faubourg Montmartre, che resta aperto tutta la notte...».

In quel rapporto bisognava ricostruire tutto, elaborare una teoria completa fondata su supposizioni.

«L'ispettore Lognon, della Polizia municipale, potrà meglio di chiunque altro fornire un resoconto dettagliato delle peripezie del Sorcio. Va detto che, senza l'iniziativa di questo funzionario, l'azione giudiziaria sarebbe stata priva di basi concrete...».

Lucas pensò con una scrollata di spalle alla sagoma modesta della signora Lognon, al suo cappello sformato dalla pioggia, ai suoi guanti grigi di filo.

«Ora che conosciamo l'esatto contenuto del portafogli, non è difficile intuire quale sia stato lo stratagemma del Sorcio...

«... Il lungo soggiorno in America ha permesso a Fred di condurre l'affare con una tecnica che, per fortuna, in Francia non ha ancora preso piede.

«... Solo indagini meticolose, o forse il caso, ci diranno in che modo Fred ha fatto sparire il corpo e l'auto della vittima...».

Il commissario aveva già riempito cinque pagine. Le rilesse con attenzione.

Aggiunse:

«Nota.

«Nonostante la discrezione dei signori del Gruppo di Basilea, risulta evidente che Müller, un semplice impiegato, aveva scoperto per caso la relazione del suo principale e, ricattandolo, è riuscito a conquistarsi la posizione che occupa oggi.

«Innamorandosi della signorina Staori in occasione di un viaggio a Budapest, è diventato a sua volta uno strumento nelle mani di un avvocato senza scrupoli, il quale ha tentato, tramite Müller, di coinvolgere Loëm in affari piuttosto loschi.

«A Budapest il finanziere, che si era informato sul suo conto, si è rifiutato di incontrare l'avvocato.

«Probabilmente Müller si è dimostrato troppo debole. Malgrado tutto continuava a nutrire un certo rispetto per la potenza di quei signori di Basilea.

«Di qui l'irritazione della ragazza e il suo strano atteggiamento, la crisi isterica e le minacce...».

«Tutta fatica sprecata!» sospirò Lucas mentre Janvier rientrava con una bottiglia di surrogato di acquavite.
«Cosa?».
«Sobbarcarmi a tutto questo lavoro per niente!...».
«Perché?».
«Vedrai!».

Gli eventi gli diedero ragione. Ciononostante Lucas fece fino in fondo ciò che doveva fare. L'indomani mattina, dopo aver sonnecchiato un'oretta su un divano della sala d'attesa, ordinò di condurre nel suo ufficio i quattro uomini arrestati e diede a ciascuno una copia dattiloscritta del suo rapporto.
Non li osservò nemmeno mentre leggevano. Era inutile.
Fred finì per primo e dichiarò:
«Dieci e lode!».
«Niente da aggiungere?».
«Io? Proprio nulla!».
«E tu?».
Il Conte guardò dall'altra parte e disse:
«Niente!».
«Concordo!» approvò Lili in tono di scherno. «Se è con questo che crede di farci condannare!».
Il Sorcio era rimasto in un cantuccio. Stava per uscire dietro agli altri, ma Lucas richiuse la porta.
«Allora?».
«Niente...».
«C'è qualcosa di sbagliato nel rapporto?».
Il Sorcio guardò la porta dietro alla quale erano spariti i suoi compagni di sventura. Fu il momento più memorabile della sua vita. Disse semplicemente, con un groppo in gola:
«È tutto vero!».
«Li hai visti?».

«No!».
«Non erano nell'auto?».
«Non lo so, glielo giuro! Stavolta mi può credere, sul serio! Lo giuro! Quanto mi daranno?».
«Tre mesi!» buttò lì Lucas.
«Solo? È sicuro?».
«Forse con la condizionale... Per falsa testimonianza e tentativo di truffa...».
«Be', allora...».
E le spalle gli ricaddero, rassegnate.

«... appoggio la domanda dell'ispettore Lognon, che sarebbe un buon ispettore della Polizia giudiziaria, a patto...».

La penna di Lucas restò un attimo sospesa in aria.

«... che si rassegni a moderare il suo zelo e a sottoporre le sue iniziative all'approvazione dei superiori...».

Il giudice istruttore Séverin ci impiegò un mese, il più caldo, il più sgradevole dell'anno, quando tutta la famiglia è in villeggiatura a Houlgate e uno non può nemmeno raggiungerla la domenica.
«Non so di che cosa parli...» ripeteva Fred con sicurezza. «Comincia a scocciarmi con i suoi Loëm e Archibald...».
Lili era stato messo in libertà provvisoria e aveva ripreso a frequentare i bar di place des Ternes.

«... tutti e tre accusati di usurpazione di funzioni pubbliche, sequestro di persona e maltrattamenti...».

Questo per la faccenda del Sorcio e del Fouquet's. Per il resto, niente da fare! Non era saltato fuori nessun cadavere e i signori di Basilea avevano fatto le valigie. Anche Müller era partito alla volta della Cina, e a Berlino

Miss Dora si era fidanzata con un giovane tenente dell'esercito di Hitler.

A seguito della botta in testa, a Lognon era venuto un tic nervoso: batteva spasmodicamente la palpebra sinistra, cosicché sembrava sempre che facesse l'occhiolino. Dato che lo avevano assegnato al servizio di pattuglia nelle stazioni, si verificarono un paio di incidenti per via delle lamentele da parte di alcune viaggiatrici indignate da quell'atteggiamento insolente.

Il Sorcio, invece, un giorno di malinconia, verso fine luglio, andò a fare un giro in avenue du Parc Montsouris. Trascinava la gamba sinistra con una certa indolenza: dopo quattro settimane di carcere preventivo aveva ottenuto l'indulgenza del tribunale.

« La signora Boisvin? » domandò alla portinaia.

« Che cosa vuole da lei? ».

« Avrei piacere di vederla... ».

« Be', allora dovrà andare in Bretagna. È in villeggiatura con il bambino... ».

Il quale bambino, per la gioia dei signori di Basilea, non si chiamava Loëm di cognome, ma Boisvin. E questo li aveva spinti a versare una tantum, a titolo di indennizzo, una somma di centomila franchi.

La cosa migliore che potesse fare, le suggerirono, sarebbe stato aprire un negozietto...

Ma Lucile Boisvin preferiva confezionare cappellini a domicilio per le servette del quartiere.

Tre mesi a Fred, due a Lili, tre mesi più l'interdizione di soggiorno (per via delle condanne precedenti) al Conte, sempre più affranto.

Passò l'estate. Il 21 settembre una chiatta rischiò di affondare. Per scaricare della sabbia, aveva lasciato il braccio principale della Senna a valle dell'Île de Puteaux e aveva imboccato il braccio più stretto, quello che costeggia il boulevard, non lontano dai nuovi caseggiati.

In quel punto, malgrado i tre metri di profondità dichiarati dalle carte nautiche e una fossa di cinque metri, ben nota ai pescatori per l'abbondanza di cavedani, il barcone aveva urtato contro un ostacolo e nella fiancata si era aperta una falla.

Chiamarono un palombaro. Nessuno si curò dell'incidente finché alla Polizia giudiziaria non arrivò un rapporto.

«... abbiamo rinvenuto un'automobile dalla carrozzeria deformata e, all'interno, il cadavere irriconoscibile di un uomo che... ».

Seguiva il numero di targa: YA-56173.

L'auto di Loëm...

Lucas era in villeggiatura a Biarritz e il suo sostituto interrogò Fred per due ore senza riuscire a trovare un solo capo di imputazione contro di lui.

Dopodiché, i signori di Basilea, stavolta al completo, arrivarono tutti e dodici a Parigi, uno addirittura da Istanbul. Finalmente fu possibile stilare il certificato di morte e aprire il testamento.

«A quanto pare,» dicevano i giornali «almeno a giudicare dallo stato del cadavere, il finanziere svizzero ha slittato e...

«... la sua eredità ammonta a circa cento milioni di franchi svizzeri... ».

Mentre leggeva queste notizie alla luce fioca del commissariato dell'Opéra, il Sorcio strinse leggermente il naso del vicino, un vecchio ceco, per impedirgli di russare.

Cento milioni di franchi svizzeri! Da poterci comprare mille, diecimila, centomila canoniche...

STAMPATO DA L.E.G.O. S.P.A. STABILIMENTO DI LAVIS
NEL MAGGIO 2017

BIBLIOTECA ADELPHI

ULTIMI VOLUMI PUBBLICATI:

600. Georges Simenon, *Le signorine di Concarneau*
601. Derek Walcott, *La voce del crepuscolo*
602. I.J. Singer, *La famiglia Karnowski*
603. Irène Némirovsky, *Una pedina sulla scacchiera*
604. Sándor Márai, *Sindbad torna a casa*
605. Joseph Conrad, *Il caso*
606. W. Somerset Maugham, *Una donna di mondo e altri racconti*
607. Georges Simenon, *Faubourg*
608. Giorgio Manganelli, *Cina e altri Orienti*
609. Oliver Sacks, *Allucinazioni*
610. Irène Némirovsky, *Film parlato*
611. Mario Praz, *Il patto col serpente*
612. Nina Cassian, *C'è modo e modo di sparire*
613. Vladimir Nabokov, *Un mondo sinistro*
614. Fernando Pessoa, *Poesie di Fernando Pessoa*
615. Patrick Leigh Fermor, *Fra i boschi e l'acqua*
616. Simone Weil, *La rivelazione greca*
617. Georges Simenon, *I fratelli Rico*
618. Elizabeth Bishop-Robert Lowell, *Scrivere lettere è sempre pericoloso*
619. Wallace Stevens, *Aurore d'autunno*
620. I.J. Singer, *Yoshe Kalb*
621. William Faulkner, *Foglie rosse e altri racconti*
622. Alberto Arbasino, *Ritratti italiani*
623. Henry Miller, *I libri nella mia vita*
624. Georges Simenon, *I clienti di Avrenos*
625. Andrej Belyj, *Pietroburgo*
626. Irène Némirovsky, *L'Orchessa e altri racconti*
627. Louis Ginzberg, *Le leggende degli ebrei, V*
628. Tommaso Landolfi, *Il tradimento*
629. Vladimir Nabokov, *Nikolaj Gogol'*
630. Oliver Sacks, *Diario di Oaxaca*
631. Georges Simenon, *Il pensionante*
632. Hugo Ball, *Cristianesimo bizantino*
633. I.J. Singer, *La pecora nera*
634. Astolphe de Custine, *Lettere dalla Russia*
635. Vasilij Grossman, *Uno scrittore in guerra*
636. Patrick Leigh Fermor, *La strada interrotta*
637. Georges Simenon, *Il grande male*
638. Józef Czapski, *Proust a Grjazovec*
639. Aleksandr Lurija, *Un mondo perduto e ritrovato*
640. Oliver Sacks, *In movimento*
641. Benedetto Croce, *Poeti e scrittori d'Italia*
642. Derek Walcott, *Egrette bianche*
643. Jean Renoir, *Renoir, mio padre*

644. Tommaso Landolfi, *I russi*
645. Carlo Emilio Gadda, *Il Guerriero, l'Amazzone, lo Spirito della poesia nel verso immortale del Foscolo*
646. Georges Simenon, *La scala di ferro*
647. Leonardo Sciascia, *Fine del carabiniere a cavallo*
648. Guido Ceronetti, *Per le strade della Vergine*
649. Vladimir Nabokov, *Una risata nel buio*
650. Roberto Calasso, *Il Cacciatore Celeste*
651. J.R. Ackerley, *Vacanza indù*
652. I.J. Singer, *Acciaio contro acciaio*
653. Georges Simenon, *Il passeggero del Polarlys*
654. Louis Ginzberg, *Le leggende degli ebrei, VI*
655. Zbigniew Herbert, *L'epilogo della tempesta*
656. Robert Graves, *Addio a tutto questo*
657. August Strindberg, *L'arringa di un pazzo*
658. Carlo Emilio Gadda, *Eros e Priapo*
659. Tommaso Landolfi, *Des mois*
660. Alberto Arbasino, *Ritratti e immagini*
661. Leo Perutz, *La Neve di San Pietro*
662. Georges Simenon, *La casa dei Krull*
663. Alexander Lernet-Holenia, *Due Sicilie*
664. Charles Simic, *La vita delle immagini*
665. Antonin Artaud, *Scritti di Rodez*
666. Sándor Márai, *Volevo tacere*
667. Anton Čechov, *L'isola di Sachalin*